JN026393

宙に居る　宙に往く

山口　範雄

はじめに

就学前の子供の頃、風邪などで熱を出す度に、同じ夢を見た。

コンベア状の移動体に乗っていて、彼方にある巨大な歯車が、瞬く間に接近してきて、あわや、引き擦り込まれる処である。

或る時、気が付いた。押入れの襖の把手にエンボスで穿たれている牛車の車輪が、夢の中の巨大な歯車の正体である。

小学生の頃から、何時とはなしに、死の怖さを思うようになり、一端、その想念に取り付かれると、なかなか抜け出すことが出来ず、時間を空費した折に、あの夢は死を怖れての夢見であることに気付いた。


学齢が進むにつれ、心楽しきことや、押し寄せる日課の中で、死の想念は影を潜め、大人になるにつれ、その想念を〝上手に〟棚上げしてきた。

後半生、再び、その想念は強くなり、関連書籍が読書範囲にも一定の量を占めてきた。

死の哲学的解析や、他者の死・即ち生き方、など評伝も多々含まれているが、自己の死を規定し、納得して死境に赴く在り様を表出したものはあまり見ない。

理由ははっきりしている。「老人は、生に対する確実性を手に入れるのはおぼつかないから、死に対する不確実性で手を打つ」（武藤洋二『紅葉する老年』80頁）からである。

それでも、自己の死の経緯を出来る限り客観的に見定めた記録はいくつかある。精神科医・岩井寛が、松岡正剛の助けを借りた記録（『生と死の境界線』）、物理学者・戸塚洋二の記録（立花隆編『がんと闘った科学者の記録』）などはその典型である。

しかし、単純な痛覚としての「痛み」ですら、他人の身体的な痛みの質と程度は実感出来ない。

哲学的思考と他者の死の解析を重ねても、自己の死の観相は像を結ばない。

人生の第四コーナーを廻り、終局が視野に入ってきた今、想いの堂々巡りを完済すべく、諸先哲の深い思考に導かれながら、我が死境を主体的にどう見定めておくか、その在り様をまとめ、我が内に染み込ませておきたい。

「宙＆土」（F25号）

『宙に居る　宙に往く』もくじ

V　宙逍遥

I　偏向グローバル

二〇二〇年は、武漢のコロナ禍で明け、世界へのコロナ禍蔓延で暮れた。米中間の非難合戦、ワクチンの開発先陣競争と、その成果の確保・争奪など、コロナ・ウィルスのグローバルな蔓延と、それに対する人類のリージョナルな対応は、どちらが生物種として頭脳的、戦略的なのだろうか。

武漢在住の作家、方方は世界で広く読まれた『武漢日記』の中で、浙江大学の王立銘教授の観点を肯定的に引用している。

「公共衛生問題の危機に関する管理と制御は、まず科学を尊重し、（中略）政治的任務を専門家の知見に基づく指導より優先させてはいけない。」（『武漢日記』153頁）

感染発生当初の武漢市指導部批判である。また、コロナ禍を巡る米中の対立について、「米中の政治家が（中略）相手を批判し、対立が激しくなる一方で、米中の医者たちは（中略）互いに経験を披露し、研究の手がかりを提供し合っている」（同、303頁）と、真のグローバルの在り方に触れている。

「グローバリゼーション」の重要性が叫ばれて久しい。物事を検討する際に、境界を越えて地球大の、人類あるいは更に広範な生物視野を以て考えることが、「グローバル・コンセプト」の本質であろう。経済市場のボーダレス化は進展したが、それ以外の領域では、国家、人種、宗教、文化・文明の境界を超える人類包括的な共通価値基盤が創出されていない。その不安が、これまで多くの人の価値基準の根底にあった「軸」への疑問に繋がっているのではないか。

今回のコロナ禍は、そうした人類の基底に生起してきた不安・疑問に点火するきっかけになるのではないか。

1　倫理基盤を欠いた市場経済軸への疑問

〈市場経済の変質〉

学生の頃、M・ウェーバーの『プロテスタンティズムの倫理と資本主義の精神』に触れた時の新鮮感はいまだに忘れ難い。マルキシズムを聞きかじっていた学生には、清教徒の職業を〝神からの召命〟と考える倫理観と、清貧な生活が、資本形成につながったという論説は、刺激的だった。アジアなど温暖な地域では、資本形成に繋がるような勤労エートスが生来しにくかったとの東西対比論も興味深かった。

二十世紀を通じて人類社会で展開されてきた社会主義と資本主義の抗争は、ベルリンの壁崩壊、東西ドイツの統合を契機に市場主義を基底とする経済社会原理へと集約され、民族、宗教、社会体制を問わず地球大のグローバル経済市場に組み込まれた。その市場原理には、M・ウェーバーが資本形成の精神基盤と規定した神への帰依も清貧・節制への想念も無い。長部日出雄はM・ウェーバーの当時の社会に関する結論のひとつとして、次のように要約している。

「精神のない専門人、心情のない享楽人――。両者に共通するのは、公共の最善のあり方と自己の最善のあり方の両立を希求する倫理性の欠如である。」（『二十世紀を見抜いた男』４１２頁）

〈再生の試行〉

長部が指摘するように、二十一世紀の現代、益々強まるこの様相に危機感を以て多くの解析がなされている。

例えば佐伯啓思は「個人主義の立場にたつ市場経済論の間違いは（中略）市場経済の背後にある集団的な価値や慣習にもとづく〝社会性〟をまったく考慮していないということである」（『経済成長主義への訣別』３２９頁）と結論付ける。ローマ駐在のジャーナリスト・藤原章生は、カッサーノの「限界の思想」を受け入れ、「経済と人間同士の関係をうまくバランスさせる」イタリア人の傾向にコミットしている（『資本主義の「終わりの始まり」』238頁）。

産業経済社会においても、産業界のみならず社会全体の持続的開発を目指すSDGs（Sustainable Development Goals）が追求され始めた。企業の社会貢献は、得られた利益の一部を社会の文化、教育分野などに還元する所謂メセナ活動から始まった。それは事業家の善意に発するものであり、必ずしも企業活動に直結しない領域でも展開された。CSR（Corporate Social Responsibility）、CSV（Creating Shared Value）と進展するに従い、それは任意に行われるものから、社会の構成者として果たすべき責任となり、今や、社会的貢献を為しえない企業、組織、商品、サービスは、社会の構成員としての存在価値を失うと看做されつつある。

更に、深層まで掘り下げれば、ふたつの難題にぶつかる。

ひとつは、富の分配である。人類は富の増加に関わる産業、技術創造では大きな成果を上げてきた。従って、人類が創出、保有する富の総量は巨大になったが、その分配に関わる仕組み、システム創りには成功していない。富の極端な偏在を是正し、貧富の格差を縮小するための叡知は生み出されていない。

　ふたつめは、価値観の問題である。経済価値を超える人類共通に共感、共有できる価値・価値観を創出できれば、資本主義精神創成の折の、プロテスタンティズムの倫理が果たしてきた機能の再現となる。その時、ひとつめの課題解消は容易になるだろう。

　人類の現況を観るに、〝画餅〟である。

2　啓示力を喪失する宗教への疑問

〈啓示力の減退〉

　現代社会に生きる我々の精神生活の中で、信仰の比重が著しく低下しているのは、日本の特殊事情ではなく、国際社会共通の現象である。科学技術、文明が日常の生活レベルを上げ、人間による自然の一部制御を可能にしたが、それらは時空、宇宙の片隅に関わるに過ぎず、何よりも自身の生と死に関しては何も変わっていない。


　全ての人類社会で例外なく神仏の概念と宗教が存在するのは、我々が不可避的に遭遇するこれらへの畏怖や不安のためであろう。日常の多彩、多忙に明け暮れ、また、専門化した宗教者への依存や死に関わる制度化により畏怖の形象化・形骸化、不安の軽減がなされた結果、現代人の信仰心が薄まり、あるいは宗教の存在感が希薄になったのだろうか。しかし、それは本質的な解決になっているのではなく、問題の棚上げ・先送り、あるいは問題を視野の外に置き、見ないようにしているだけではないか。

国分拓は、ドキュメンタリー番組制作を機に、百五十日、アマゾン奥地の未開民族ヤノマミと起居を共にした。その間、単独で森の中で出産をし、連れ帰って育てるか、精霊のまま白蟻の巣に葬るか、意思決定をする妊婦の実態をはじめ、彼らの中の男の一人として、全行動を共にする。帰国後、体調に異常な変調をきたした国分は、終章で総括している。

「ヤノマミの世界には、「生も死」も「聖も俗」も「暴も愛」も、何もかもが同居していた。（中略）僕たちの社会はその姿を巧妙に隠す。虚構がまかり通り、剥き出しのものがない。僕はそんな「常識」に慣れ切った人間だ。（中略）人間の本質が「善」であるかのように思い込むことに慣れ切った人間だ。

ヤノマミは違う。（中略）暴力性と無垢性が矛盾なく同居する（中略）善悪や規範ではなく、ただ真理だけがある社会に生きる人間だ。そんな人間に直に触れた体験が僕

の心をざわつかせ、何かを破壊したのだ。」（『ヤノマミ』３１０頁）

国分がヤノマミの営みの中に見たものは、我々が心地よい文明社会の中で、棚上げし、先送りし、視野の外辺に置き去りにしているものではないか。

社会構造の複雑化、一部宗派の過激化、自殺者の増加、メンタル障害者の増加など勘案すれば、宗教への社会的要請は増しているにも拘わらず、現下の宗教はその期待に応えられていないのではなかろうか。

極めて特殊な事例ながら、宗教者自身の生き方の選択が、この本質的課題へのヒントを提供していると思う。

〈個としての模索①〉

前掲の国分拓が佇んだ処から、一気に最奥に突き進んだキリスト者がいる。

南米アマゾン奥地の少数民族ピダハンの言語、文化、生活基盤研究に取り組んだ福音派伝道師の認知科学者ダニエル・エヴェレットが彼らの独特な世界観に衝撃を受け、無神論に転じてしまう。

「ピダハンはただたんに、自分たちの目を凝らす範囲をごく直近に絞っただけだが、そのほんのひとなぎで、不安や恐れ、絶望といった、西洋社会を席捲している災厄のほとんどを取り除いているのだ。（中略）畏れ、気をもみながら宇宙を見上げ、自分たちは宇宙のすべてを理解できると信じることと、人生をあるがままに楽しみ、神や真実を探求する虚しさを理解していることと、どちらが理知をきわめているかを。」（『ピダハン』378頁）

つまり、人間は根源的なものの観方と日々の暮らしの連動が確保されるためには、根源的なものと組織や集団を通してではなく、「個」として向かい合わなければ日常の力にはならないという想いが、エヴェレットを痛撃したのだろう。

キリスト教精神の中核を体現する伝道師の棄教、家族放棄は、現代文明社会における宗教の在り様の根底を問うている。

〈個としての模索②〉

不干斎ハビアンの名を知ったのは、釈徹宗の著書であった。禅僧がキリシタンに転じ、日本におけるイエズス会の理論的支柱として、林羅山と対決までした後年、キリスト教を棄教し姿を消したという。晩年のキリシタン批判書に〝ハビアンは「無智無徳こそ真実」と言い切った〟（『不干斎ハビアン』246頁）ことに触れ、釈は「これは宗教人・ハビアンの「覚悟」だと思う。（中略）知性を凌駕するリアルな宗教性から出た言葉なのであろう」と「野人ハビアン」としてコミットしている。

深い共感を覚えるが、このことは、ハビアンも釈も超一級の宗教者にして、「個」として根源的なものに向かうことは時代を超えて、至難のことであることを示唆している。

世界の多くの人々は何らかの宗教に帰依し、死を含む人生の根源的なことに関し疑念・不安を解消しきっている人も多いだろう。その人たちには宗教は十分に機能しているといえる。他方、疑念・不安を抱え続けている人も多々存在する。後者の人たちは、無神論に向かったエヴェレットや、〝神も仏も棄てた〟ハビアンを前にして、宗教の啓示力に導引され難い状況に陥る。

3　他者、自然を対峙概念と把握することへの疑問

松田正平の描く生物は、皆、優しい眼をしている。「鷺」も、「四国犬」も、「ふくろう」から「オヒョウ」「イカ」に至るまで、温かい視線がこちらに向かっているので、すぐに観る者との会話が始まる。

上田哲農の文章に初めて触れた時、その爽やかさに松田正平の描く海景や動物を想起した。

「君だって山にすむ動物の眼をみたことがあるだろう。うるんで一生懸命なあの一途な眼を——」（『きのうの山きょうの山』１６３頁）

父性を求める青年が最北の海で激闘の末に遭遇する大鮃の永遠の眼を、藤原新也は表現する。

「わたしの心を見通した突き抜けるような眼だった。怖い眼の中になぜかこよなく優しい慈悲の光を感じました。（中略）不思議な安堵感がやってきた。」（『大鮃』２５９頁）

梨木香歩は、豊かな自然に富む霊山の島が、現代文明が押し寄せる中で、無残に消え去る修験道の祈りの跡を逍遥する途次に遭遇する生物の視線を語る。

「カモシカはどうしてこう、心の奥まで見定めようとするかのように見つめてくるのだろう。なぜ一目散に逃げないのであろう。人間からそれほどの目に遭ったことがないというのだろうか。（中略）じっと見つめてくる眼に哀愁が漂っている。時間が止

まったように見合っていると、もの悲しさとしかいいようのないものが、ひたひたと辺りを充たしていく。」（『海うそ』41頁）

今福龍太は、岩手山麓・御嶽山の火山弾をベゴ石と、生活を共にする牛に見立てる宮沢賢治や、同世代の米国人作家が語る農業者レオポルドの、オオカミの緑に燃える眼との無形の意志疎通の例に触れつつ、賢治の時代の「万物の連鎖（中略）永遠の生命連鎖を共有し、（中略）共感と共苦の世界をともに生きている」（『宮沢賢治デクノボーの叡知』34頁）姿にコミットしている。

「宙と花 —— 椿」（F3号）
椿・花言葉：控えめ、気取らない

オックスフォード大卒の湖水地方の羊飼い、ジェイムス・リーバンクスは、吹雪の中で残された群れを誘導する途次の動物たちとの苦闘・交感を記す。

「いちばん優秀な雌羊が、私が踏みならした道を率先して歩き出す。（中略）ゲートはすっぽり雪に埋まり、あたり一面腰まで雪が積もっている。（中略）私は石につまずいて倒れてしまう。（中略）最後にフロスが近寄ってきて顔を舐めてくれる。この猛吹雪のなか、私が仲間を必要としているのを察してくれたのだろう。（中略）眼に飛び込んでくる些細な光景が冬を特別なものにしてくれる。（中略）こそこそと進むキツネ。（中略）黒く大きな涙目で人間を見つめる野ウサギ。」（『羊飼いの暮らし』250〜253頁）

上田の爽やかさは、その影絵として我々に現代の問題点を観取させる。藤原、梨木、今福の視点、リーバンクスのライフスタイルは、現代の、他者あるいは自然と対峙するものとしての人間把握についての明確な問題提起であろう。


加藤典洋は、我々の新たな価値観の視点として、この点に触れる。

「いったん〝生命種としての人間〟という観点に立てば、自然は征服の対象ではなく、共生と共存の対象とみえてくる。（中略）人間を生命種、生体として考える人間観の

ほうが、人間を人間として考える人間観よりも広く深い。」（『人類が永遠に続くのではないとしたら』３８５頁）

中村桂子は、生命誌を俯瞰したうえで、生物が共有する特性を、極めてユニークな視点から集約している。

「生物の特徴を（中略）まとめてみると、次の七つの面がみえてきます。
・多様だが共通、共通だが多様
・安定だが変化し、変化するが安定
・巧妙、精密だが遊びがある
・偶然が必然となり、必然の中に偶然がある
・合理的だがムダがある
・精巧なプランが積み上げ方式でつくられる
・正常と異常に明確な境はない」
（『生命誌の世界』２３１頁）

生命種・ヒトのひとりとして、深く頷いたり、痛かったり、痒かったり、そうかもしれ

ないと振り返ったり――道元の言葉に出会ったようで、爽やかであった。

中村桂子は、様々な基軸の両端を自由に往還する、生物のしなやかさを語り、加藤典洋は、人間をそうした生物種の頂点に立つものという視点を離れ、〝One Of Them〟でしかない、という視点に立つことを提言する――相対観を以て、ヒトを観るということだろう。画家や文学者が真っ先に気付いたことに、社会思想家が漸く追いつき、政治に携わる人々は未だ、動き出す気配はない。むしろ逆行するような指導者が現れている。

4　科学的合理性、近代欧米型合理主義の偏重への疑問

〈日本の文明・文化導入〉

日本古代史には、文明の取り入れ方に柔軟性があったのではないか、という仮説を寺前直人が提示している。我々、門外漢は、弥生時代といえば、〝稲作と大陸伝来の金属器文化〟などと、雑駁な理解をしているが、細長い日本列島での文化受容の在り方は、多様であったらしい。列島中西部の金属器の機能や打製石器の継続使用などにつき、寺前は叙述

している。

「銅鐸の社会的役割は実用的な銅剣などのように特定個人に帰属して（中略）格差を明瞭とし、（中略）格差を再生産させる（中略）のではなく、「共同体」全体の所有品として（中略）外来金属器の階層性を拒絶し」（『文明に抗した弥生の人びと』２５４頁）

「石という伝統的な材料で製作された武威の象徴を幅広い構成員が所有することによって、武威が特定個人に集中することを防いだ」（同、２７７頁）

人類は、農業と牧畜により生み出された豊富な食糧により、書記やリーダーなど生産に携わらない人々による集団の効率性を上げたが、それは同時に集団内の階層化を齎したというのが、歴史家の定説である。

寺前の解析は、日本の弥生期に、定説とは少々異なる要因も見られるという、非常に興味深い提言である。

確かに、日本人の外来文化の取り入れには、時折、そのような傾向が見られるように思う。仏教伝来時、律令制度導入と共に鎮護国家の思想の下に、導入が図られた。漢字を学ぶとともに、平仮名文化も創出され、それは、やがて〝漢字仮名交じり〟文を齎した。伝統的な和食文化に、中華、洋食がそれぞれの個性を保持しながら共存する日本の食文化は、世界を見渡してもなかなかユニークな文化導入である。

こうした異文化導入における日本独特の柔軟な姿と、大きく異なっていたのは、戦後の欧米、なかんずく米国文化導入であったように思う。

この時期の日本に関する論説は、戦前・戦後の政治体制を除いて語ることは、無論、不可能なことであるが、他方、社会の基層に及ぶ深い理解をベースに語られることは、多くない。戦前に熊本県須恵村に滞在し、戦後のＧＨＱ占領政策に異を唱えたジョン・エンブリーと、ピューリッツアー賞受賞のジョン・ダワーは、数少ない、その典型であろう。

エンブリーは、「部落の指導者や（中略）地方自治を論じ、「日本にはローカルな課題のための明白なローカル民主主義のシステムがある」（中略）須恵村には「民主主義」という言葉はないが、「協同」は「民主的」」（田中一彦『日本を愛した人類学者』２５３頁）と言っている。

ダワーは同時期の日本の諸領域に関する驚異的な詳説の上で、結論付けている。

「戦後「日本モデル」の特徴とされたものの大部分が、実は日本とアメリカの交配型モデル　a hybrid Japanese-American model というべきものであったことがわかる。」（『敗北を抱きしめて』下４１９頁）

エンブリーが日本の農村に見出した近代的な仕組みの芽、ダワーが析出した「交配型」文化モデルが、その後の欧米化、特に米国文化導入の過程で、バランスのとれた〝交配型〟から、やや行き過ぎた〝偏向型〟に陥ってしまったのではなかろうか。

このような〝偏向型〟文化・文明は、日本だけでなく、現代グローバル社会の共通現象の様相であり、その偏重に対する見直し論が叫ばれ始めたように思う。

〈文化と文明・再論〉

「文化と文明」論は、諸先達により繰り返し説かれて久しいが、人類社会は、今、この点を再論し、具体的実践に向けて動くべき時点にある。検めて辞典にあたれば、

文化：社会を構成する人々が自然に対して手を加えて作り上げた物質的・精神的な活動様式、またそこから作り出したもの。特に、直接に学問、芸術、道徳、宗教、政治など精神的所産について用いる。

文明：学問や教育が盛んになって人知が進むこと、人々の生産技術が発達して生活水準が高まり、より高度な文化を持つようになること。そのうち精神的なものを区別した物質的、技術的発展。

と記されている。

文明進化の起爆剤となる自然科学、技術革新による生産効率向上の結果、人類全体は豊かな物質的アウトプットを得た。一方で、人類は、その技術利用を専ら人類全体の幸福増進に向ける智慧と、アウトプットを公平・平準に分配する仕組みを生み出せないでいる。文明の物質的側面偏重が、人類に、生物に、地球に齎しつつある弊害を、減殺しなければならない。文明の基底に新たな価値基盤を創出しなければならない時である。

再び、加藤典洋を引用する。

「地球の有限性がやってきて（中略）いまや無尽蔵な包容力を失いかけている（中略）近代の指南してきた「できること」のすじみちが危うく感じられる（中略）「することもしないこともできる」力、「してもしなくともよい」というコンティンジェントな自由なあり方、「しないことができる」力を喜ぶ感性と価値観が浮上してきた」（前掲書371〜372頁）

5　まとめ

二十世紀以降、多くの人々が不定形ながら、抱き始めていた疑問・不安がある。拡大し続けるグローバル経済における倫理基盤の欠如、人間に対する啓示力を喪失しつつある宗教、他者・自然を対峙概念として捉える視点、科学的合理性一辺倒の態度、などに対する疑念である。

人間社会の基底に関わるこうした疑念が、二〇二〇年のコロナ禍を契機に、増幅され、それは、人間社会の文化・文明を考える際の、基軸の変更を求めているのではないか。

Ⅱ　いい塩梅

――「相対観」の新たな意味

1　思考基底の疑念

戦後、どの程度明確に意識していたかは様々であろうが、グローバル化する市場経済への依存、生の根底を支えるはずの何らかの宗教意識、他者や自然に対する自己意識、合理主義などは、それぞれの思考態度の基底に何らかの反映をしていただろう。前掲のオピニオン・リーダーの解析、我々庶民レベルの不安、閉塞感は、その基底への疑念が広範かつ根深く浸潤していることを示している。市場経済への疑念は、暮らし基盤を揺るがす。宗教意識の希薄化は死像の、無防備な生の領域への浸潤を齎し、老齢化はこれを助長する。外部と対峙しない自己はどうあればよいのか。近代合理主義偏重を棚上げした人間の在り方は如何なるものだろうか。

これら基底を揺るがす疑念、不安を解消するためには、その深さ、広汎性に対応する根源的な思考でなければならない。古来、もの・ことの根源を探る思考方法として用いられてきた基本的なものは、「次元」論、「抽象・具象」論、「演繹・帰納」論、「絶対・相対」論などだろうか。

上掲の諸課題、即ち、経済、宗教、合理性、他者・自然への向き合い方などは、それ自体が次元を異にする領域であるから、「次元」論での検討は、論理的に無理である。抽象論も帰納論も、個別性の高い具体的事物・事象から、共通要因を引き出し、基本原理を見出す方法論であり、これらは、浅学の我が身に余る。

従って、本稿の思考の基本軸として、「相対・絶対」論を以て進めたい。

「絶対性」を考えるか、「相対性」を想定するかは、最も根源的な思考軸のひとつであることは、疑問の余地はないだろう。

経済発展はその歴史的過程の中で様々な体制の試みを踏まえて、市場原理に基づくことが最良と思われるに至り、これに優る仕組みは見出せないというのが、現下の大方の観方であろう。市場原理を旨とする資本主義体制と、計画経済を基本とする社会主義経済体制の並立は、ソビエト社会主義体制の崩壊、東西ドイツの統合などを経て、残る計画経済体制の諸国も、グローバル市場経済に組み込まれざるを得ない状況が、二十一世紀の世界経済社会である。

倫理性の追求の果てに、人類は殆ど例外なく何らかの神仏概念に到達し、固有の宗教をもっている。

未開社会は別として、いわゆる文明社会では他者、自然などと対峙する自我概念とそのアイデンティティをヒトとしての要件と考えている。

古代ギリシャ以来、デカルト以来、「我思う、故に我あり」である。

こうした一つの方向へのコミット、その絶えざる追求は、濃淡はあるもののある種の「絶対性」を前提にしている。

2 相対視点への転換

漢字の組み立てからみれば、「絶対」とは、向かい合うもの、相手になるものが無いということであろう。『新潮日本語漢字辞典』によれば、

「①他と比べようがないこと。他との関係を超越していること。②哲学で、唯一・無条件・完全・全能であること。」

とある。

これを相対的視点――相対観に切り替えてみてはどうだろうか。「絶対」に比べ、「相

対」とは曖昧で容易に見えるが、それを徹底することは容易ではない。

「相対的な考え方をまっとうするには、実に強靭な精神力を必要とする」（塩野七生『サイレント・マイノリティ』244頁）

相対観の徹底は何故、難しいのだろうか。

第一に、「相対」とは考え方や判断の軸を固定しないことを意味する。また、その軸は線ではなくある幅を持っている。基軸はその幅の範囲内で動く柔軟性がある。「観」には、客体・外側の何を「観る」か、「観る」主体がどう「観る」か、も含まれている。従って、第二にこの主体が観る範囲、方向、深さなどを変える柔軟性がある。第三に、主体が客体・外側との関係性・繋がり方を変える柔軟性も考えることになるだろう。

これら三層を念頭に置いた基軸に沿って、ものを観ることが、「相対観」ということだろう。

つまり、ものごとを相対的に観ようとするとき、幅・奥行き・深さのある三層の何処に基軸を設定するかを考えなければならない。しかも、外部環境が変化すれば、それに対応して、三層の範囲内で基軸をスライドさせながら、思考する必要がある。

以上は、判断軸がひとつの場合の整理である。

現実社会での諸課題が、単一軸で判断できることは、めったにない。多くの場合、複数軸から成る現象についての判断である。判断のために考慮すべき軸を選択し、かつ各軸にどの程度の比重を与えるか、を想定する必要がある。その上で、各軸における判断にも、複数軸のウェイト付けにも、幅と柔軟性を持たせて、総合値を得ることが、相対観に結実する。

日本語には、この相対観に見合う興味深い語がある――いい塩梅。

『新潮日本語漢字辞典』などによれば、調味に使う「塩梅（えんばい）」と、うまく処理・配列する「按配（あんばい）」の音の類似から、その両意をもつ「塩梅（あんばい）」という語が生まれたらしい。従って、食物の味加減、ものごとの具合・調子やその処理など日常生活で広範囲に使われる語である。しかも、その使われ方は固定的ではない。例えば、調味の場合にも、個人の嗜好、季節感、食材の種類により、味加減には幅があるが、その幅は或る範囲内であって、極端に振れ過ぎた時は、多くの人の不興をかうだろう。また、栄養学、経済性視点などからも妥当な範囲があるだろう。

「いい塩梅」は安易そうにみえて、実は経験と理論に裏付けられているのである。

視点を固定する「〜主義」「〜イズム」や最終判断を神仏に委ねる信仰は、拠り処・基準が明確なので、より容易にみえるが、陥穽（かんせい）もある。山崎正和は造形史を語るにあたり、マルキシズムの理論枠に繋がるヘーゲルの弁証法を評価しつつも、その問題点を指摘している。

「有名な「正、反、合」という認識の三段階の階梯を打ち立て、「合」を最高次の真実とする理論を歴史に適用したことは、いちじるしく現実に反していた。（中略）歴史のダイナミズムの否定にたどりついた」（『装飾とデザイン』124頁）

視点を固定化しない相対観を以て、ものごとに対峙することは、はるかに難行であるが、視点の柔軟性はこうした陥穽の回避を可能にする。

勿論、相対観を以て思念されたことは、自然科学が実証的に見出した存在の在り方と整合的でなければ、単なる空論になることは、言うまでもない。

3　人類の微小性

二十世紀以来、宇宙物理学、生物学はじめ諸科学の成果で、人類が空間的にも、時間的にも、また、生物誌的にも如何に微小な存在であるかが実証されてきた。

理論物理学者カルロ・ロヴェッリは宇宙空間における人類を説明する。

「人類とはなにものなのか。（中略）ヒトは自然の一部であり、宇宙という偉大なフレスコ画の無数にあるかけらの一つである。（中略）私とコップに入った水、この二つのかけらの物理的な相互作用は、一つひとつの水分子の動きとはまるで無関係だ。同様に、私と遠くの銀河、この二つのかけらの物理的な相互作用は、その銀河の中で起きていることとまるで関係がない。」（『時間は存在しない』１４３頁）

宇宙物理学者・吉田滋は、宇宙のダイナミックな広大さについて、門外漢にも解り易く要約してくれる。

「ちょっとした望遠鏡ならば、（中略）30億光年くらいは見通すことができる。30億光年×30億光年×30億光年の空間の中に含まれる銀河は、何と1億個もあるのだ。

（中略）超新星爆発はこの空間内に毎年１００万回も起きていることになる。１回の爆発で生じたエネルギーは、太陽が45億年の年月で放つエネルギーの１０００倍に匹敵する。」（『深宇宙ニュートリノの発見』33頁）

そして、第六十五回仁科記念賞受賞につながった超高エネルギー宇宙ニュートリノの発見の瞬間について語る。

「40億年前に太陽の１００兆倍のパワーを放出した銀河から生まれた、可視光の１００兆倍のエネルギーを持つニュートリノ信号が、40億年の歳月をかけて宇宙を飛行し、日本時間２０１７年９月23日朝に南極点直下の氷河に突き刺さったわけだ。」（同、29頁）

この広大・久遠の時空の、ほんの片隅の一部を体感した宇宙飛行士は語る。

「地球の向こう側は何もない暗黒だ。（中略）あの暗黒を見たときにはじめて、人間は空間の無限の広がりと時間の無限のつらなりを共に実感できる。」（立花隆『宇宙からの帰還』２４１〜２４２頁）

地球へ帰還後、宗教家に転じた方が何人かいる。宇宙空間で体感した「相対観」が彼らの生き方を変えたのである。

ビッグバン後、粒子が出来、水素から始まり、徐々に原子核の大きな原子が形成されたプロセスは、特定の条件がなければ、その原子は生まれなかったような極めて稀な偶然性の積み重ねであったらしい（マーカス・チャウン『僕らは星のかけら』）。更に、それらの原子の組み合わせにより、様々な無機物が生まれた。

「四十億光年の旅」（F25号）

鉄（Fe）などは、偶然性の産物の最たるものらしいが、その偶然事が惹起する要件が生まれなければ、血中にへモグロビンを含む人類の存在はあり得ない。

海底深くのマグマが噴出する熱水孔の無機物の世界から有機物が生まれたことが推測されている（ニック・レーン『生命、エネルギー、進化』１２３頁）。

自己複製する細胞が生まれ、生命進化を重ね現在の生物種が存在するが、この生物種が劇的に急増した時期があるという。カンブリア紀以前には三部門しかなかった動物門がカンブリア紀（五億四三〇〇万年前～四億九〇〇〇万年前）には三十八になったという。生物種が生き残り、繁栄していくためには繁殖力と同時に、捕食能力・被捕食回避能力を備えることが要件となるが、後者の増強に視覚能力が決定的な役割を果たす。アンドリュー・パーカーは「眼の誕生」がその引き金となり、「カンブリア紀の生物種の爆発は、視覚が突如として進化したことでひきおこされた」（『眼の誕生』３５０頁）という。

天文学、宇宙物理学が見出した宇宙空間の広がりを視野に入れ、更には、量子力学、理論物理学が想定する多次元空間概念まで想起した時、また、ビッグバン以来一四〇億年、生命誕生以来四〇億年、「眼の誕生」から五億年の時間を視野に置いた時、その時空に投げられて立つ我が身を見るに、新たなる「相対観」に傾斜せざるを得なくなる。

4　新たな「相対観」と社会・人間・生死

〈〝あわい〟視点〉

「相対観」が持つ柔軟性は、ふたつのものの境界部分にある移行帯が齎すものである。日本語には、この移行帯を表現するうまい言葉がある。

「あわい」を国語辞典で引くと、「①ふたつの時点、地点のなかほどの部分　②隔たり　③ある時の範囲　④関係」などとある。

竹内整一は「〝あわい〟という動的相関性の概念は、間柄の論理にとって、どのような新しい意味・可能性をもたらすことができるのか」（『「おのずから」と「みずから」』240頁）思想史上の課題として問いかけている。

ここでは、この視点から日本の社会、個人、生死に関する実践論の入り口について考えてみる。

相対観の持つ柔軟性を以て、現代日本の「社会、組織、制度」を概観するとき、〝あわい〟視点が極端に欠如した剛構造、硬直的運営、環境変化への即応欠如などが目立つのではなかろうか。神戸大震災、東日本大震災、原発事故、少子高齢化社会対応、ＡＩ・デジタル技術対応、ネットワーク社会構築……そして今回のコロナ騒動など、〝あわい〟感覚を以て、ボーダレスに行動する指導者、人材の必要性を痛感する。

〈〝合理〟視点偏向のリスク〉

〝いい塩梅〟や〝あわい〟は、元来、和語であり日本文化、日本人思考の底流に近しい概念である。日本社会の構造、制度化において、この底流が希薄化したのは、戦後日本社会の再構築の際に、欧米文化の優れた部分に倣い、「合理主義」に基づく枠組み造りが急速に進展したことが、一因ではないだろうか。

それは戦後社会の驚異的な復興に大いなる促進要因になったことは、疑いの余地がなく、それを支えた世代の努力が、世界史的に観ても高い評価を受けている。その一方で行き過ぎた側面も否定できず、その弊害が諸領域で目立ち始めた。「合理主義」の万能化などは、その一例ではなかろうか。

「理」とは、「ことわり」「基本的な筋道」であろうが、それは、何時、如何なる場合、何処でも、如何なる視点からも、ひとつの「ことわり」が妥当だということはあり得ない。「合理性」とは、或る前提の下に通じる概念である。

前掲のM・ウェーバーによれば、「合理」概念には、「形式合理性」と「実質合理性」がある。言葉や概念の間で整合性がある「形式合理」と、それらの整理が最終的に目指す目的、価値との整合性がある「実質合理」を区別する必要性を説いている。無論、「実質合理性」を追いかけることが肝要であるが、往々にして我々の議論は「形式合理性」に陥ることがある。

戦後の「合理主義」万能化の風潮が、形式合理性に終わってしまい、先述の日本社会の諸制度の剛構造、硬直的運営に繋がってしまうことが間々あったのではないか。

現在進行中のデジタル化についても、同種のリスクを孕んでいる。ヒトの認識能力や既存技術を超えるデジタル技術は、ロボットやＡＩなど新分野を生み出してくれるが、その原点は二進法に立脚していることを、節目節目で想起する必要がある。

ダライ・ラマは、西欧社会の活力、創造性、旺盛な知識欲を高く評価する一方で、疑念も抱いている。

「物事を〝黒と白〟、〝あれか、これか〟で考え、相互依存性、相対性を無視する傾向である。つまり、二つの観点の間には灰色の部分が必ずあるという目が欠けているように思われる。」（『ダライ・ラマ自伝』３０９頁）

素は多い。

〈〝あわい〟視点と日本社会〉

「個人の生活」に関わりの深い教育、環境、家庭についても、相対観を以て見直すべき要素は多い。

教育制度の基本骨格は、未だに戦後できた〝六・三・三・四〟制度の基本枠は変わっていない。その課題指摘、見直し議論は、何度となく繰り返されているが、解決策に到らない。人類社会の複雑化、文化・文明の多様化は、様々な人材ニーズ、教育ニーズを生み出している。

日本国民としての基礎教育は共通としても、その後は、就学・滞留・修了年齢、履修コース・分野などは、個々人の希望職業、嗜好、能力、環境により、柔軟に対応可能なフレキシブルな教育体系、運用の仕組みが、不可欠ではなかろうか。

環境問題も、人類共通に〝ヒトも自然の一部〟という相対観を以て考えれば、電源問題、大気・海洋汚染問題、資源枯渇問題、宇宙開発競争など、半歩でも進める可能性がないだろうか。その意味では、始まったばかりながら、SDGs運動は大事な〝芽〟として育てていきたいものである。

「家庭」は、社会の基盤造りのために最重要なゲマインシャフト集団である。結婚形態の多様化、離婚率上昇、単身家庭の増加、多世代家庭の減少等など、家庭の基本枠が変わりつつある現在、正に旧来感覚から離れ、社会基盤を担うゲマインシャフト集団、次世代の揺籃・育成機能などの視点から、〝新たな家庭像〟論議を始めるべき時であろう。

このような社会・人間の基本枠を、相対観で考える程に、現代日本社会の運営が、Iの1で叙述した市場経済軸に、やや寄り過ぎた様相を呈しているのではないかと思う。

〈〝あわい〟視点と人間存在〉

本稿の最大目的は、人間存在とその生死を、相対観を以て見通すことにある。

人間存在を時間軸上で、徹底して相対観を以て観れば、〝変わり続けるもの〟（無常）に行き着く。「無常」概念が、現代の諸科学が見出した処と整合的であることを、IIIで考えてみたい。

人間存在を空間軸上で、徹底して相対観を以て観れば、〝我などは無い〟（無自性）と思わざるを得ない。この結論が、最近の諸科学による観方とどう重なるか、Ⅳで検討したい。「無常」も「無自性」も、仏教の基本概念ではあるが、現代諸科学が見出す処と軌を一にする側面が多々ある。

5 まとめ

人々の、人間や社会など基底に関わる思考を変えるには、思考の軸を変えることが、最も抜本的である。より幅と柔軟性をもつ「相対観」に立つことが有効である。近来の諸科学の成果は、時間的にも、空間的にも、また、生物誌的にも、人類の微小性を示しており、「相対観」を以て人間・社会を考える妥当性はより高くなっている。停滞する日本社会の諸問題解決の糸口・ヒントも、「相対観」思考から創出できる可能性がある。

Ⅲ　いろはにほへと

——時間軸の人間相対観

1　存在の時間的相対化、「無常」

「すべて君の見るところのものは瞬く間に変化して存在しなくなる」――これはどの宗派の仏教者の言葉か、と多くの人が思うだろう。驚く勿れ、古代ローマ帝国、五賢帝のひとり、マルクス・アウレリウスの「自省録」にある（岩波文庫51頁）。

柳澤桂子は、般若心経の〝色即是空　空即是色〟をこう心訳している。

「形のあるもの　いいかえれば物質的存在を　私たちは現象としてとらえているのですが　現象というものは　時々刻々変化するものであって　変化しない実体というものはありません」（『生きて死ぬ智慧』7頁）

この二つの文章を読むとき、その狭間には幾多の時間と教説が介在していることを、承知しつつも、中村元が指摘するように、「空」思想は源流のブッダにまで遡ることが出来る（後掲）ことを考えると、二人の歴史的偉人が同じ視点から同じ処を見定めていたことに驚嘆する。――二世紀ローマのストア派哲学者マルクス・アウレリウスと、前三世紀印度の地で道を説いていたブッダの思いが、かくも重なり合うことに。

「宙と花 ── 紫陽花」(F25号)
紫陽花・花言葉:無常

日本文化にも、源氏物語、枕草子から始まり、徒然草、奥の細道など、自然、人心の絶えざる変化の描出は大きな流れのひとつである。しかし、それらは無常〝感〟の表出であって、無常〝観〟を説くものではない。ここでは、全ての事象が〝常ならぬもの〟であるという無常観について考える。

我々はモノや事象に何らかの言葉を充て、以後、その言葉でそのモノあるいは事象を指し示す。その命名の時点で規定された概念は固定される。だからこそその言葉で二人以上の人間が同一概念を想起し、コミュニケーションが成立する。この反作用で、我々はモノや事象は、同一環境の下では、概念通りで不変なものと考えがちである。

我が身を考えれば、勿論そんなことはなく、外的物理力が加われば損傷を受けるし、自らの生理的現象で身体内部も絶えず変化している。環境からの刺激により脳内反応が惹起し、肉体的、心理的変化が起きている。この理解を全ての生物、全ての存在に広げ、時間的枠組みをつくらず、時間軸の相対観を徹底した時、マルクス・アウレリウスが言及し、ブッダが観想し切った「無常観」に到るのではないだろうか。

ブッダの生存期にもっとも近い時期に編まれた「スッタニパータ」の劈頭部分に、超越した修行者は「諸々の生存状態のうちに堅固なものを見出さない」とあり（中村元訳『ブッダのことば』12頁）、「事物のうちに堅固なものを見出さない、というのは、つまり〈空〉であるということである。〈空〉の思想は、最初期にまでたどることができる」（同、248頁）。

ティク・ナット・ハン師は、インタービーイングの教えの一環で、無常にも触れている。

「空というものを、〈空間〉の視点から観ると「インタービーイング」と呼び、〈時間〉の視点から観れば「無常」と呼んでいるわけです。」（『ティク・ナット・ハンの般若心経』67頁）

存在を、時間軸の制限を離れて徹底的に相対観を以て観れば、それは恒常的に変化し続けており、常なることはない、つまり「無常」であり、「空」に通じる。仏教の基本思想「無常」とは、徹底的な相対観で観想して得られた究極の「存在のあり方」である。

2 「今、此処」を生き切る

時を超えて、全てのものが変わり続けている＝「無常」と観じたら、如何に生きればよいか。道元の正法眼蔵の冒頭、「現成公案」がその答えを与えてくれる。

流麗な文で難解なため、解説書も多岐にわたるが、私は、〝華は愛惜に散り草は棄嫌におふるのみなり〟に「凝縮された生」が表出されていると考える。〝愛惜〟し〝棄嫌〟するのは、無論ヒトで、主語が省かれている。省いた理由は、仏教のもう一つの基本概念「無自性」を念頭に置いていたのかもしれない。結果として透明感溢れる美文になっている。従って、直訳すれば、「華は散る、ヒトは愛おしみ惜しむ、草は生える、ヒトは嫌う、ただそれだけ」。

我流の解釈は「華はそのような存在なので散る、草はそのような存在なので生える、ヒトはそのような存在なので惜しんだり、嫌ったりする。それなりのこと」。

〝のみなり〟の四文字の意味は極めて大きい。華と草は、ありのままで「無自性」であるが、惜しんだり、嫌ったりするのもヒトの性であり、ヒトのありのままで、そうあるのであって、「無自性」である。それが「無常」の一環になりきっている姿である。「常ならざる」ことを主体にも客体にも当てはめれば、「今、此処」だけが考えられる縁であり、「今、此処」を生き切る以外の選択肢は無い。

3　「今、此処」を生き切る時間論

「今、此処」には独自の時間論が含まれている。現成公案に次の一節がある。

「たき木、はひとなる、さらにかへりてたき木となるべきにあらず。しかあるを、灰はのち、薪はさきと見取すべからず。しるべし、薪は薪の法位に住して、さきありのちあり。前後ありといへども、前後際断せり。灰は灰の法位にありて、のちありさきあり。」（岩波文庫『正法眼蔵（一）』55頁）

この後段で生が死になるのではないことが説かれるが、その前段として、薪が灰に変わ

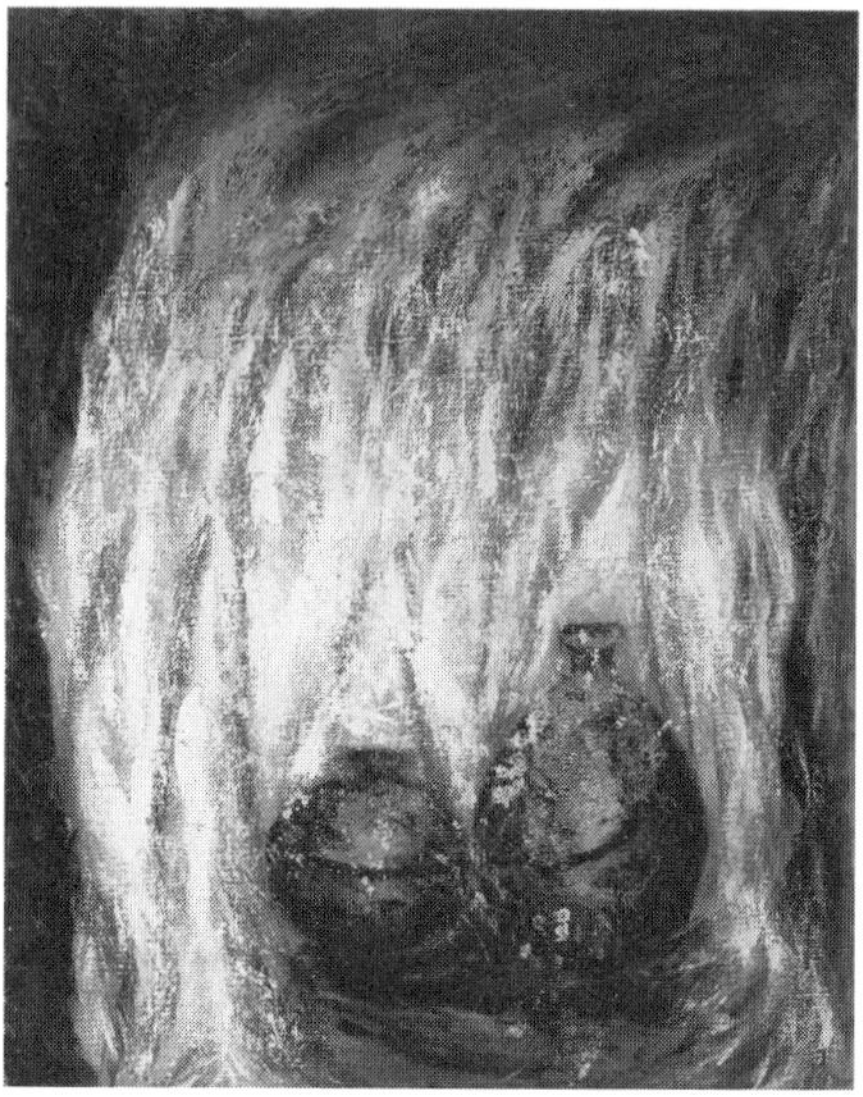

「時の住み処」（F25号）

るのではないことが説かれている。この件を時間軸から解すれば、時間は我々が常識的に考えているように、繋がって流れているものではなく、〝前後際断〟された一瞬、一瞬の積み重ねだという。ということは、「今」の積み重ねが、我々の生きる世界であり、だからこそ我々は「今、此処」を生き切るしかない、ということになる。

「正法眼蔵」の「有時」の巻に、この時間論が集約されている。

「有時みな尽時なり、有草有象ともに時なり。時々の時に尽有尽界あるなり。」

木村清孝の解説を借りれば、「時間（時）はすでに存在（有）であり、存在はみな時間である。（中略）この全世界に存在する一々のものをそれぞれ「時」とみるべきである」（『正法眼蔵全巻解読』１３２頁）。

ここまでくると、超ひも理論を説く現代物理学者、ブライアン・グリーンのいう処とピタリと重なってくる。

「変化という概念は、時間のある一瞬については何の意味もない。（中略）どれかの瞬間が時間のなかで変化できないのは、どれかの場所が空間のなかで移動できないのと同じことだ。（中略）どの瞬間も、今このときに実在しているのである。（中略）時間は流れていく川というよりもむしろ、永遠に凍りついたままある場所に存在し続ける、大きな氷の塊に似ている。」（『宇宙を織りなすもの』上２３８頁）

4　無常観は諦観ではない

我々日本人は、四季循環ある自然環境に囲まれていることから、変化、即ち〝常ならぬこと〟に敏感である。変化の豊かさを謳うものも、変わることの危うさを称えるものもあるが、これを「無常」概念として捉える時には、その極点に「死」を想起するからだろうか、悲嘆、寂寞、諦観に繋がるものが多いように思う。文学史にも、平安朝宮廷文学・源氏物語、末法思想に基づく往生要集、盛者必衰の平家物語、無常観を底流に感じさせる徒然草、方丈記など、と続く。

それらの背景にある仏教の源流ともいえる聖典「スッタニパータ」には前掲の無常観とともに、「ひとは信仰によって激流を渡り、精励によって海を渡る。勤勉によって苦しみを超え、智慧によって全く清らかとなる」（中村元訳『ブッダのことば』46頁）と、精励と勤勉を勧めている。この点について中村元は、当時、カースト制度の下で蔑視されつつも富裕になりつつあった階層の人々の時代的要請に応えたものであると指摘している（同、268頁）。

つまり、最初期の仏教から大乗仏教を経て、日本伝来以来の長い過程の中で、上記文学の流れでは、無常観の中の死に繋がる悲相、諦観の側面が強調され、「精励」「勤勉」の側面が脱落している。

5　「現成公案」の日常推進力

「現成公案」後段に以下の一節がある。

「魚の水を行くに　ゆけども水のきはなし
鳥そらをとぶに　とぶといへどもそらのきはなし　しかあれども
魚鳥いまだむかしより　みずそらをはなれず
ただ用大の時は使大なり　用小の時は使小なり」

大きく用いることが良い、とはいっていない。小さな使い方が悪い、ともいっていない。魚には所与の泳ぎ様があり、そのように泳ぎ切っている。鳥には所与の飛び様があり、そのように飛び切っている。それが「現に成る」「現成」の姿だということであろう。これをヒトに当てはめて続ける。

「人もし仏道を修証するに、得一法、通一法なり、遇一行、修一行なり。」

すなわち、人は元来の在り様のままに道をすすめば、ひとつの存在に会しては、その存在を理解し、ひとつのことを行えばそのことが身につく。それが「現成」の在り方だとい

「宙と花 —— 菖蒲」（F6号）
菖蒲・花言葉：信頼、情熱、心意気

う。そこには、「我」も「我意」も、そこから生ずる価値観も無い。〃本来の在り様〃そのままである。

　その意味するところは、最善を尽くすという意味ではない。〃最善〃といった途端に、そこには価値観が入り込み、その〃価値〃に拘ることになる。「所与のものを全注する」——その全注感が心身に満ちれば、次へと歩が進む。私にはスッタニパーダの原語は不明ながら、〃精励〃〃勤勉〃もそういうことを含意しているのではないか。それが、当時の勃興階層の人々にも受容されたのではなかろうか。

　日本文学特有の無常感のみに止まらず、無常をことの在り様として深く理解した時、「今、此処」に「全注する」ことを専らにすることが出来るし、また、それが唯一の我々の在り方なのではなかろうか。

道元はそれを自からに課し、現成公案として説いたのであろう。それは、スッタニパータ以来の仏教哲学の中核思想である。


それは日常生活へのポジティブな取り組み姿勢とエネルギーを齎す。

人の一生を「今、此処」の集積として俯瞰すれば、限定された特別な節目や行事、イベントなど非日常の時を除き、大部分の時間は日常性に覆われている。また、誕生後の教育期間と老後逝去までの期間を除けば、社会的活動期間が一生の大半を占める。この日常時間及び社会活動時間に、その人・その時の所与の「在り様」を、ひたすら「全注」出来れば、その生は専ら「今、此処」を生き切ることになるだろう。

傍線の語を、『新潮日本語漢字辞典』で引くと、以下のように解説される——

ひたすら（只管）：ただそのことばかりに心を用いること
専ら：他のことは顧みないで、それだけに集中するさま
切る：（動詞に付いて）完全にやり終える、やり通す、ひとつも残らない意を表す

無論、「在り様を全注」することは、生易しいことではない。しかし、その瞬間が累積される程、その生は充足感を増すだろう。

道元の「典座の教訓」から始まり、日常茶飯の「洗浄」、「洗顔」から「現成公案」の境地に到るまで、「得一法　通一法　遇一行　修一行」の累積イメージが、我が凡俗の脳髄にも、あまりにも遅ればせながら、浮かび上がってくる。

宗教は究極的には、如何に死すべきか、そのためには如何に生きるべきか、が問われている。両者は不可分の問いであるが、日本仏教では、前者のみが問われることが多く、後者への取り組みが伝統的に弱かったのではないか。

例外もある。学生の頃、前掲M・ウェーバーの宗教社会学を習った折、江戸時代に同様な視点を持った鈴木正三を知った。典型的な職業別の階級社会である江戸初期に、職業横断的に仏教の禁欲と勤勉精神が職業倫理に繋がる、と説く思想家がいたことに驚いた。「徳用」（役に立つこと）をキイワードに、士農工商・四民横断的に「仕事に打ち込んで仕事にとらわれない境地を、それぞれの人びとが自己把握すれば、あらゆる職業、身分の人が平等に宗教的救済という恩恵をうける」と神谷満雄は要約している（『鈴木正三　現代に生きる勤勉と禁欲の精神』216頁)。

中村元は、このような宗教精神と職業倫理の連関は、西欧プロテスタンティズムやインド・仏教、ヒンズー教にもみられ、歴史的な意義を果たしたが、日本では〝思想史上の歴史的意義〟にとどまったと解析している(『近世日本の批判的精神』110頁)。

このように日本仏教史、社会思想史上、鈴木正三は大きな流れにはならなかったが、本章の「今、此処」を生きる中で、日常、社会活動の占める大きさを考える際に、一つの示唆を持っている。

社会活動に従事している時(それは人生の中核時期でもある)、「得一法　通一法　遇一行　修一行」と全注できれば、鈴木正三の説く処、それは道元の説く処、スッタニパーダの教える処に到る。

――それが出来れば苦労は無い。もう一つの仏教の中核概念「無自性」(後述)になり切れない凡俗は、主観、価値観、我執に悩まされつつも、〝在り様の全注〟に努めることが、「今、此処」の瞬間を重ねることに繋がるのではないか。

〝在り様の全注〟を生き抜いた偉人は多々いようが、ここでは、我が想像力と理解力で、

「得一法　通一法　遇一行　修一行」を体現するような日常を重ねた六人を想起してみる。

6 「今、此処」を生き切る人間像

(1) 剛直なる仁医――関寛斎

七十五歳で全ての公職から離れた私は、幕末・明治を生きた老医が、七十代で北海道に入植した事例を知り、その評伝を手にした。

上総国田辺郡中村（現在の千葉県東金市）の村方三役の家柄に生まれた関寛斎は、佐倉・順天堂で蘭医学、長崎で西洋医学を修め、徳島藩の御典医になったという。既に、〝医は仁術、病に階級はない〟の信念の下、貧しい病人の医療費は無料であったため、医院があった通りは〝関の小路〟と呼ばれていたらしい。戊辰戦争では官軍医ながら、敵味方の区別なく治療したため、その献身的な行為に、引き上げの際には、地元民が謝意を叫びながら見送ったという。

徳島帰着後は、典医を辞し、医院を開業し、医療行政に携わり、多年に亘る無料での幼児への種痘接種、若年時からの灌水習慣を含む養生訓の普及や、医学生の教育、近隣への健康増進活動など、間髪を措かない活動には驚く。

しかし、これに止まらなかった。

一八九七年（明治三十年）、「北海道国有未開地処分法」の改正公布を機に、関は北海道移住の決意をする。この時、寛斎六十七歳。未開の地に理想郷建設を目指し、「寛斎は、アイとともに徳島の長男宅に戻ると、出立を前にして本宅裏の穀物納屋に移り、耐乏生活の実験を開始した。（中略）丸二か月にわたり実験を貫いた」（合田一道『評伝　関寛斎』181頁）。徳島を出発したのは、寛斎七十三歳、妻アイ六十八歳だったという。

筆舌に尽くし難い労苦の末、大農牧場建設の経緯は、司馬遼太郎はじめ多くの専門家が著している。

私のここでの意図は、無論、〝在り様の全注〟を体現し、「今、此処」を生き切った典型として、畏敬の念を以て、取り上げたものである。

（2）日本人類学の先覚者――鳥居龍蔵

業務の関連で携わった飲料会社の創業者が、鳥居を中心とする武蔵野会に参加していたことから評伝に触れ、その壮絶な生き方に感嘆した。組織に頼らず、フィールドワークにより、東アジア文化圏踏査を重ねた孤高の人類学開拓者が、正当な評価を得ていないという、三浦雅士の指摘（日経新聞二〇〇七年九月九日）を読んだ記憶がある。門外漢の私が鳥居を取り上げるのは、他者からの評価など視野の外で、在り様を全注し「今、此処」を生き切った典型であるように思えるからである。

最もその感を強く受けたのは、モンゴル踏査行の記録である。東蒙古から外蒙古へかけての周回踏査を経て北京まで、合わせると七か月余になったらしいが、その前半について、中薗英助は、鳥居の記述を引用しつつ、次のように要約し、「三人」の中には、〝生後満一歳そこそこ〟の長女が含まれていることを特記している（『鳥居龍蔵伝』194頁）。

「三月十五日。（中略）赤峰を出発した。気温はすでに、零度の上下を「十度位昇ったり降りたり」しており。蒙古ではもうすっかり寒冷期を抜け出していた。

別れを惜しむ人々は街の北門まで見送りに出て、口々に話し合っていた。蒙古語の堪能になったきみ子には、生きて帰ってくればよいがなどといっているのがわかった。

鳥居はこのときの決意を述べている。

今赤峰より此の地の旅程に上がらんとする際には、蒙古語にて日常の談話には差し支え無き程度に達せしかば、今此の教師（ホンスク）に謝絶せられしも、少しも苦しまざりき。斯くの如くして余等三人は自ら学び得たる蒙古語を実際に活用し、以て旅行する事は非常の利益を、余等の旅行に与へたる武器なりき。」

こうした「個」の持てる力を投入しきるフィールドワーク、組織をたのまぬ「自助而力」の貫徹は、「在り様を全注する」、「今、此処を生き切る」姿そのものである。鳥居自身がより直截に語っている。

「私は学校卒業証書や肩書で生活しない。私は私自身を作り出したので、私個人は私のみである。私は自身を作り出さんとこれまで日夜苦心したのである。それは私自身で生き、私のシンボルは私である。」（同、４１８頁）

（3）道具鍛冶――千代鶴是秀

鉋、鑿にみられる機能美を支える技術の極致、切出し小刀に観られる切れ味と意匠との折り合いに観られる是秀の葛藤など――斯界の専門家である著者による、精緻な視点に、素人も吸い込まれるような想いで通読した。

廃刀令後の明治時代、大工道具鍛冶として大工職人の絶賛を受け、〝最後の名工〟といわれた是秀の職人としての技術にかける誇りと、その裏にある職業倫理観は、前述の鈴木正三の説く処の具現化そのものである。

是秀が、自らの専門分野ではない彫刻刀数本を、後に文化勲章受章者となる高名な彫刻家、平櫛田中の処へ〝飛び込み〟の持ち込みを決行した際の逸話が記載されている。

平櫛は、是秀を待たせたまま終日、研いでは試し彫りを続けた後、「「私の彫刻道具をすべてあなたに作っていただきたい」ともうし出る（中略）是秀は「いや、日本の鍛冶屋が作ったものでも、きちんとしたものがあることを知っていただきたかったまでですので」と、持ち込んだ彫刻刀は平櫛に進呈し、暗に平櫛の注文を断る形で帰宅したそうです」（土田昇『職人の近代　道具鍛冶千代鶴是秀の変容』72頁）。

土田は是秀の激しい〝決行〟の動機について、平櫛の彫刻道具批判が「日本の鍛冶文化そのものに対する不信にまでいたる部分があったから」（同、71頁）と推測している。

自らの創作が日本の職人文化とその精神を支えているという自負と誇りは、前述の鈴木正三の「職人日用」の精髄が、営々と伝承されている気さえする。その誇りを支える鍛錬された技術の蓄積は圧倒的であるが、その基底には、技術練磨と精神熟成の均衡が生きている。鉋刃制作をめぐる是秀と弟子の遣り取りは、その典型にみえる。

鉋刃は、通常、叩いておおかたの形に荒火造りしたものを丁寧な槌打ちで整えていくらしい。弟子が実験的に火造りっぱなしに作ったものを、是秀が絶賛したという。喜んだ弟子が同様な造りを更に丁寧に作ったものを、是秀は厳しく批評したらしい。土田は解説する。

「大工道具は、寸法が厳しく定められていることによってよりよい機能を発揮する（中略）毎日、鉋ばかり作って、その幅も丈も、厚みも肉置も。数値化した感覚として備わってしまっている卓越者、無意識的にずれを修正してしまうものです。（中略）その数値的感覚をいったんとりはらって、もっと自由で自然な鍛造のうちに「出来たなり」ができあがってこそ、火造りっぱなしのものを作る意義がある（中略）一枚目でその数値的感覚除去に成功し、（中略）さらによいものをと気負った瞬間に数値的感覚の虜となってしまった」（同、90頁）

大工道具鍛治としての技術練磨、鉋刃から切り出し小刀までの制作領域、実用と機能美の均衡、後継者育成など、その時々の課題に〃在り様を全注〃する生き方は、「今、此処」を生き切る姿そのものであるといえる。

(4) 生涯、一国語教師——大村はま

戦前戦後、半世紀余に亘る国語教師の試行の記録は、教師の〝在り様に全注〟する人間像の連続であるが、ここでは、本稿の観点から最も我が魅かれた終戦直後の記録に触れたい。

教科書も筆記具もノートはおろか紙すら無い、東京下町の中学校教室は、生徒達の心も荒み、混乱の極致だったらしい。赴任早々の大村はまは、悩みはてた末に、借間に積み重なる古新聞紙の中に、興味深い言葉を見つけては、その切れ端に課題を書き添える作業を一晩中続けた。翌日の教室で暴れまわる一人を捕まえ、一片を与えると彼は眼で追い、やがて紙片に集中し始めた。二人、三人と重ねるうちに、他の面々も取りに来る。紙片に集中する生徒が増し、やがてハチの巣状態だった教室が静まり返った。はまは考えた——

「彼らは、自分たちも気づかない内心で、どれほど伸びたがっていたか、どれほど「何か」を求めていたか……」「はまは感動に飲み込まれて、一人、乱雑な小部屋の中で声をあげて泣いた。」「ああいう光る目をした子どもを目の前に並べよう、それが自分の仕事だ。」(苅谷夏子『評伝大村はま』310~311頁)

今際のベッドで最後まで推敲された詩編を掲げるにあたり、教え子の著者は書き添えている。

「学ぶということ、教えるということについて考え続けてきた人が、最後に一番大事にしたのは「ひたすら」ということばだった。結局、生まれてきた限り、ひたすらに生きていくほかない。そうやって、授かってきたものを生かし切って、そのあとはそれでよしと安心するしか、人に出来ることは無い。人生を遥かに振り返って、一人の人間として、はまは静かな気持ちで思っていた。」（同、567頁）

「優劣のかなたに」と題する詩編の一部のみ、以下に抜粋する。

「学びひたり
教えひたる、
それは優劣のかなた。
ほんとうに持っているもの
授かっているものを出し切って、
打ち込んで学ぶ。
優劣を論じあい

気にしあう世界ではない、
優劣を忘れて
ひたすらな心で　ひたすらに励む。」
（同、５６８〜５６９頁）

（５）民話再生の画家――三橋節子

二〇一九年（平成三十一年）、琵琶湖畔、長良町の三橋節子美術館に立ち寄った。数十年前に梅原猛の著作で知った日本画家・三橋節子の没後四十五周年の特別企画展を観るためである。

日本画の顔料のことはよく解らないが、油彩ではビリジャンとローズマダーなど補色関係の二色を混ぜると黒になり、配合割合により赤味を帯びたり、緑かかった黒色になる。赤味の黒にホワイトを混ぜれば、赤味のグレーになる。節子の初期の野草などの背景には、この赤味かかったグレーが多用され、後々まで節子の基調色になっている。温かく自然との親和性が観る者にも心地よい。

テーマは一貫して、地域に伝承される民話と、画家の吾が子や家族への想いが重ねあわされている。子を残して昇天する龍神伝説、猟銃に撃たれたつがいの頭部を抱えて飛び続ける白鳥伝説などは、その典型で、業病で早逝する画家の胸中と重なる。何世代にもわたって湖畔の営みから紡がれた民衆の自然への郷愁、係累への想いは、左腕に持ち替えた絵筆に託したい画家の、草木への慈しみ、家族への愛惜に、分かち難く重なり合っている。

右腕手術後の画業復帰について、梅原猛はこう記している。

「画の質を考えるとき、（中略）再起とはいえない。右腕切断後のこの二作は、今までの節子の画よりはるかに優れている（中略）大胆な画面構成と深い宗教性をもった画（中略）全く新しい芸術の世界が、節子の前に開け始めていた」（『湖の伝説』１６５頁）

二作品とは、「三井の晩鐘」「田鶴来」のふたつで、いずれも百号の大作である。左手でのカナ文字から始めて、これらの大作を経て、遺作となる「余呉の天女」にいたる創作活動、家族との交流、更には社会貢献活動など、凝縮された密度の高い日々は、「今、此処」に全注することで、迫りくる暗闇を視野の外辺に置く――「今を生き切る」姿そのものである。

確たる航跡を残した列伝掉尾に挙げるのは、不適の誹りを免れ難いが、晩節の我が儘をご容赦いただきたい。

私は、予てより、灰塵に帰した戦後日本の驚異的な復興は、七十余年にわたる平和維持と、これを導くリーダー層、具現化を図る中間層、底辺を支える庶民層が、一定範囲の価値観の下で、勤労エートスを集中的に発揮・集約出来た結果と考えている。その観点から、戦後の昭和、平成を支えた我が親世代に大いなる敬意と謝意を感じると同時に、それを継ぐ我が世代が十分な責任を果たせていないと思っている。

〔6〕戦後復興を底辺で担った庶民——我が亡父

我が亡父は、農家の四男で、当時の人口流動の一典型として上京し、ノモンハン事変から帰還後は、サラリーマンとして、停年まで勤続した。

激戦の前線からの帰還故からか、下賜された、金鵄勲章は我が幼少時の〝玩具〟になっていたらしい。低学歴ながら、組合の責任者になったり、会社の役職に就いたり、組織人として精励している姿は、子供の眼にも解った。

隣町に名のある哲学者が私塾を開いていたが、定期的に親鸞の講義を聴取し、後半期には、我が家にも出張講義をしてくださり、私も居眠りに耐えながら坐っていた。

物資不足の時代である。自分用の本棚、網戸付きの食器戸棚、趣味に使う混合肥料、輪台、あんどん等など、全て手作りしていた。

狭小な住まいを広げるべく、縁側の外縁に二畳大の板の間を造成し、隣町との境界を成す雑排水用の河の上に、三メートル長の頭上程の高さの植木用台を造って、趣味の植木鉢を並べていた。最盛期には、屋根の上にまで鉢が並んだ。

朝顔、菊の栽培は、趣味の域を脱していて、皇居献上を果たし、下賜された紋章入りの煙草を美味そうに吹かしていた。それでも、ノモンハンの上層部に対する批判記事は、変色した部隊長や戦友の写真と共にアルバムに残されていた。

貧窮してはいたが、年末年始や節句祝いなど季節行事や、子供の成育・教育に必要な出費は惜しまなかった。

生来、向学心豊かで高等教育を受けられなかったことは、心残りであったのだろう。退職後は、老人大学に通っていた。

検めて俯瞰するに、〝在り様を全注〟し〝今、此処を生き切る〟瞬間が多かったのではないかと、愚考している。

7 まとめ

新たな「相対観」を以て存在を観れば、全てのモノが変わり続けていて止まることがない、常なることは無い、即ち「無常」であることが判る。ヒトも一存在として例外ではない。鳥や魚は、変化する一瞬一瞬を在り様のままに生きているように、ヒトも一瞬一瞬の積み重ねを生きる。道元はその在り様を「現成」という。この「今、此処」を生き切る姿を仏道において実践することを「得一法　通一法　遇一行　修一行」と表出した。

「今、此処」を生き切ることは、仏教の源流に含まれる「精励」「勤勉」と通底する処もあり、仏教流布期の興隆富裕層、日本・江戸期における鈴木正三などの職業倫理観に繋がり、本稿に大きな示唆となった。所与の在り様の全てを注ぐ生き様が、本稿の目的である「死、即ち生」を明らかにすることに、通ずるからである。そうした「生」の典型と考える六人の事例を挙げる。

Ⅳ 「我思う、故に我あり」は妄想？

——空間軸の人間相対観

徹底した相対観を以て、時空における我々、人間存在を観たら、何が言えるか。時間軸では、全ての他存在と同様に、変わり続けるもの＝「無常」と規定できた。空間軸ではどうか。地球上の生物は全て、生を享け、やがて死ぬが、そのことを認識し、考え、行動しているのは、人間だけである。

デカルトは「我思う、故に我あり」と表現した。人間も含め全生物は、生を享ける時は、何も「思う」ことはない。それ以降、死に到るまで「思う」ことを続けるのは、人間だけということであり、その主体が「我」ということだろう。

人間は認識し、考え、行動する。その内容、様式は、文化圏により人により、千差万別であるが、死は全ての人間に共通の本質を備えており、極く一部の例外を除き、ほぼ共通して死に対する怖れを抱いている。何故か。

1 死の恐怖は何処から？

『人は死ねばゴミになる』（伊藤栄樹）というタイトルに凝縮されているが、自分の死をこれ程、客観視できるものかと、思った記憶がある。三十余年前の我が読書メモには、

「殆ど現成公案の境地に達していたのだろうか。それだけに〝小春空もすこし生きていたくなる〟の句は腹にしみいる」と残っている。

だが、これは我が腹にしみいったのであって、〝もすこし〟の語感には切迫感は無く、その境地を味わっている感すら兆す。タイトルが示すように、自らの死をも客観視できるほどに淡々としていたからこそ、この句が生まれたのだろう。

本稿の掉尾では、このような境地の入り口周辺には近づきたいものであるが、そのためには、死に対する恐怖は何処から来るのか、それは軽減することが出来るのか、私にも可能なのか、についての検証が不可欠である。

我々は何故、死を厭い、怖れるのか――その前段階に病苦があるからか、孤独になるからか、死後の地獄行きを怖れるのか、〝私〟が無くなる故か。

2 人生の主語でなくなる?

〝人生・百年時代〟というフレーズが常用されるほど、日本人の平均寿命が延びた。それだけ所謂、健康寿命に続く、体調に問題を抱える高齢期を如何に、充実感を最大化し、苦痛を最小化できるか、が終末期を含め最大課題であろう。

この領域で先進文化圏である欧米でも、幾多の仕組みが工夫されている。ホスピス、ナーシング・ホームに加え、アシステッド・リビングやホームでの動植物との共生などが試みられている。

高齢者の中には、住み慣れた自宅で、パートナーはじめ家族などとの共生を継続したいという強い要望を持っている人が多いが、ホスピスやナーシング・ホームは、この要望を満たせない。しかも、終末期の老齢者が望むものは「単純だが心のこもった介護――(中略) 日々の癒しと人の絆、小さな望みを果たすための援助を把握すること (中略) 疲れが増すばかりの四年間を通じて (中略) 娘が自分だけではとても続けることはできないと発見したものだった」(アトゥール・ガワンデ『死すべき定め』93頁)。ガワンデが創出したこのサービスの提供あるいは、サービス付きの住宅が、アシステッド・リビングのコンセプトであり、二〇一〇年あたりまで米国で拡大したという。

日常生活のサポート、身体の医療的ケアなどを機能的に支えるだけでは、不十分で、家庭などゲマインシャフト集団が果たしている絆、癒しなど心的な支えが、不可欠なのである。

また、ニューヨーク州の医師、ビル・トーマスはナーシング・ホームに、それまで衛生上などの観点から〝ご法度〟であった動植物を持ち込んだ。

「この目的は彼が命名したナーシング・ホームに蔓延する三大伝染病を叩くことである――退屈と孤独、絶望である。三大伝染病を退治するためには何かの命を入れる必要がある。ホームの各部屋に観葉植物を置く。芝生を剥がして、野菜畑と花園を作る。そして動物を入れる。」（同、110頁）

ビル・トーマスの鮮烈な成功も、ナーシング・ホームが成しえなかった絆、癒しを生み出すライフスタイルの施設内導入に成功したということだろう。

遅ればせながら、日本でも各種の制度、仕組み作りが進み始めた。

この時点で大切なことは、アトゥール・ガワンデが言うように「生活上の援助が必要だからと言って、自律を犠牲にする必要はない」「自分自身のストーリーの著者でありつづけることだ」（同、136〜137頁）。

自分に残された時間をどう使いたいか――自分に問いかける必要がある。自分に残された能力と、自分が望むこと・欲することを念頭に、それが可能になる環境、仕組み、制度はどれかを見定める必要がある。

医療技術の進展は著しい。この時点で施される医療の分岐点での選択意志を明確にし、関係者に伝えておかねばならない。

二〇二〇年、日本でもコロナ禍をきっかけに、ＡＣＰ（Advance Care Planning）の早期取り組みが叫ばれ始めた。

緩和治療、救命治療、延命治療について、その時点での自分の意思を省察し、周囲に伝え、気持ちが変われば、その旨、伝達しておく。この基本を我が身の環境に即して、臆せず、先延ばしせずに組み立てておくことが、不可欠だ。

我が身をおくべきケア体制と医療技術について、自律的に考えられる時点で選択しておけば、心痛を最小限にし、病苦・傷害苦を、その時点で可能な最小値にくい止めることに繋がる。

そのためには、我が身の現状を冷静に把握することが極めて重要である。我々は概ね、自己能力の把握については、甘くなる傾向がある。外観から把握できる身体能力、外からは見え難い内臓機能、判断が難しい脳神経系機能は、この順に把握難度が上がる。

老齢化と車運転の是非、生活習慣病の発見の遅れ、認知能力減退などの認識に関する自他の差異などは、自己能力把握・理解の難しさが、老齢化社会の課題を増幅してしまう。

我が身の老化推移を〝無常観〟を以て観る。しかも諦観には陥らず、残された能力で可能な領域に〝全注〟する。

ケアと医療技術に支えられながら、その領域・範囲がどれほど狭小になっても、ギリギリまで我が人生の主語であり続けたい。

3　〝ひとり居〟は楽しい?

我々は、慣れた環境下で懇意な人々と生活時間を共にすることを好むが、それでも時には一人になることを求めることもある。

常時、〝ひとり居〟を求める人もいる。宗教者はその典型であろう。山折哲雄は、法然、親鸞、道元、……一遍と、組織宗教から抜け出した宗教者の系譜を〝ひとり哲学〟の宗教者と位置付けている（『「ひとり」の哲学』177頁～）。

良寛なども曹洞禅の組織を離れ、〝ひとり居〟に暮れた宗教者である。水上勉の『良寛』には次のような記述・引用がある（184頁）。

「寡黙に身を戒め、ひたすら、乞食と詩作の孤独に徹し、すずめには米を投げてやったのだ。

独りで生れ
独りで死に
独りで坐り
独りで思う
そもそもの始めそれは知られぬ
いよいよの終りそれも知られぬ
この今とはそれもまた知らぬもの
輾転するものすべて空
空の流れにしばらく我がいる
まして是もなければ非もないはず
そんなふうにわしは悟って
こころゆったりまかせている」

〝ひとり居〟三昧の極致であるばかりでなく、当然のことながら、道元の現成公案に通底している。

海外の〝ひとり居〟文学として真っ先に思い浮かぶのは、メイ・サートンであろう。人生の大きな変転の後、落ち着いた片田舎での〝ひとり居〟の中で、こう記している。

「私が無期限で独房に入っていたら、そして私が書いたものを読む人は一人もいないと知っていたら、詩を書きはするだろうが小説は書かないだろうと、私はよく考えたものだ。（中略）詩は主として自分との対話であるのに、小説は他者との対話だからではないかと思う。（中略）思うに私が小説を書いたのは、あることについて自分がどう考えたかを知るためであり、詩を書いたのは、自分がどう感じたかを知るためだった。」（『独り居の日記』45頁）

孤独を愛する詩人の本領を観取できる。

宗教者でもない、文学者でもない、〝普通の人〟のなかにも〝ひとり居〟を求める人はいる。誰にも知られず森で二十七年間暮らした男の話は、結果として、現代社会の一側面を抉り出したものとなり、全米ベストセラーになったという。

避暑地の奥の森林に居住スペースを確保し、オフシーズンに各別荘に忍び込み、最低限の必需品を確保しながら、逮捕されるまで孤独な生活を二十七年間、独自のライフスタイルで生き抜いた男の実話である。彼を深く理解する著者、マイケル・フィンケルは、「若いころ、彼は一度も幸せを感じなかった（中略）自分の居場所がなく、これ以上傷つきたくないから、彼は逃げ出した。抗議というよりは探求に近く、彼はいわば人類からの難民だった。森が避難所を提供してくれたのだ。（中略）ナイトは言う「（中略）充足できる場所をようやく見つけた。」」と、〃世捨て人〃ナイトの精神の正常性と〃ひとり居〃志向について結んでいる（『ある世捨て人の物語』２０７頁）。

古今東西、聖俗を問わず、隠遁、孤独、〃ひとり居〃志向は途絶えることなく脈々と続いている。ライフスタイルとしての継続性に到らなくても、一時的な〃ひとり居〃はかなり広範にみられる。それどころか、われわれの日常生活の中でも時には独居、独考が不可欠ですらある。世界有数の長寿国となった日本では、同時に単身世帯の比率が高くなっている。若年層の晩婚化、非婚化、各世代の離婚率アップ、老年層の寡婦増加などが主要因であろうが、原因にかかわらず、〃ひとり居〃を豊かに生きることは、社会的課題でもある。

従って、人類共通の「死に対する怖れ」が孤独、「独りになってしまう」ことに起因するとはいえない。〝死に往くときは独り〞というイメージが、「死」と「孤独」を分かち難く想起させるだけで、死の恐怖の本質は「孤独」ではないし、また、そうであってはならない。

4　地獄が怖いから死にたくない？

我々日本人は、仏教の輪廻転生思想とともに、子供の頃から何とはなしに「地獄」という言葉は、語彙の枠組みに含まれている。世界を見渡しても、「地獄」という概念は、かなり文明横断的にみられる語彙のひとつであろう。死との関連性の強い、忌まわしいイメージの強い語が、何故これほど広汎な文化圏に遍く存在し続けているのだろうか。

多くの文化圏で、死後の世界の存在と、そこに生者からみて望ましい領域（例えば極楽）とそうでない領域（例えば地獄）の存在とが想定され、今生における行状のあり方が、その人の死後の領域を左右する、と考えられている。

この考えに対する態度は人により様々であろうが、社会総体としてのコミットメントがあり、何らかの機能を果たしているからこそ、多くの文化圏で所謂「地獄」概念が浸透、維持されているのであろう。


一方で、死後の世界やその二領域の存在を信じていない人も多々いる。社会的には得心を前提としたライフスタイルを持つ人の中にも、検めて自己の内面を見定めた時、疑念が生ずる人もあるかもしれない。

これら全ての想いが重層的に累積されて尚、「地獄」概念は人類文化史を貫いて存在し続けている。それには理由がある。


私は思う。「地獄」はあるにしても、それは死後ではなく、死の前にある。

人は生まれ、学び、社会生活・社会活動に参加し、老いて、死ぬ。

その間に人は、他の誰よりも自分自身が見えており、自分が何者であるかを徐々に知る。

関心・興味のある処、好みの分野、得意な領域、優れた力、劣る処——その持てる要素をどれだけ使ったか、高めたか、楽しめたか。その持てる要素を生かさなかったか、錆び付かせたか、不満だったか。——人生第四コーナーを回れば、ある程度、自らの立ち位置も相対観を以て観られるし、見栄も薄らいでいる。

その範囲で自問自答できる。他者に対しては、何とでも言い繕えるが、自覚ある自分自身に対しては、誤魔化しは利かない。——〝もう少しの努力をすればよかったが、マアマアの処だったか〟というのが大勢だろうか。

少数ながら、〝やり切った〟と言い切れる人もいれば、〝所与の在り様を欠いた〟と自己裁断せざるを得ない人もあるかもしれない。——後者の人に残された時間は無い。ここに「地獄」が顕現する。地獄門も閻魔大王も彼岸にあるのではない。此岸の「我の中」にある。そのように在るとは、文字にもカタチにも顕れていないが、道の奥に、心の底に、誰もが例外なく、なんとなく感取している——あまりにも恐ろしいものなので、文化圏により地下や彼岸など、なんびとにも到達できない、確認できない処に押し込んである。〝所与の在り様を欠いたと自己裁断せざるを得ない〟人の前にそれが顕現するのである。それが「地獄」である。

「地獄」の存在が死への怖れを生み出すのではない。死の前に、「地獄」は解消しておかねばならない。

5　死は「我」の消滅？

〈ストア派の「我」への疑問〉

「自我」概念を哲学の中核に据えたのは、〝我思う、故に我あり〟のデカルト以来、近代西欧哲学の伝統である。

しかし、ストア派の哲人皇帝、マルクス・アウレリウスは、人間における自我を問題視していた。

「事物は魂に触れることなく外側に静かに立っており、わずらわしいのはただ内心の主観からくるものにすぎない」（『自省録』51頁）

前掲の無常観とともに、マルクス・アウレリウスは仏教思想の中核に通底する考え方を持っていた。その背景には荻野弘之が、ウィリアム・ブレイクの短詩を引用しながら指摘するように、「自分自身が「完結した個」としてのみならず、同時にマクロ・コスモスを全体とする一個の「部分」であるという事態――これを何らかの仕方で直観」（『マルクス・アウレリウス「自省録」精神の城塞』206頁）しているストア派の思考があるからだろう。

〈道元の「無自性」論〉

荻野がいう〝事態〟とは、正法眼蔵、第七の「一顆明珠」にあたるだろう。木村清孝は、「一顆明珠」において道元が説く自己と万物の在り方について解説する。

「「尽十方」とは自己という主体と切り離されて、別に外界として厳然と存在する世界ではない。いわば主体化と客体化が連続的にどこまでも続いていく「道理」としての現場そのものであり、それを措いて自己はない。」（『正法眼蔵全巻解読』62頁）

また、正法眼蔵、第二十二「全機」には、荻野いうところの〝マクロ・コスモス〟と我々が通常、「個」と認識しているミクロ・コスモスとの関係につき、明言されている。

「生は来にあらず、生は去にあらず。（中略）生は全機現なり、死は全機現なり。しるべし、自己に無量の法あるなかに、生あり、死あるなり。（中略）

生といふは、たとへば、人のふねにのれるときのごとし。このふねは、われ帆をつかひ、われかぢをとれり。われさををさすといへども、ふねわれをのせて、ふねのほかにわれなし。われふねにのりて、このふねをもふねならしむ。（中略）天も水も岸もみな舟の時節となれり。（中略）舟にのれるには、身心依正、ともに舟の機関なり。尽大地尽虚空、ともに舟の機関なり。生なるわれ、われなる生、それかくのごとし。」（岩波文庫『正法眼蔵（二）』84頁）

「宙と花――芍薬」（F25号）
芍薬・花言葉：つつましさ

後半の例示から取り掛かったほうが、解り易い。人が舟に乗っている時、「我」を主体に考える我々は、〝人が舟を進めている〟と考えるが、そうではない。人も、船も、水も、全て、この事態を作り上げており、全てが相互依存関係にある。同様に〝自己〟があって、そこに生が来たり、去ったりするのではない。

本来の個としての人に、マク

ロ・コスモスの諸要因が反映されているように、生も死も、同様に反映される。この事態を「全機」と集約しているのだろう。

「一顆明珠」といい、「全機」といい、そこに〝我〟の存在余地は無い。仏教では、その原初から、自我は妄想に過ぎないことが説かれていた。スッタニパータにある。

「師（ブッダ）は答えた、「〈われは考えて、有る〉という〈迷わせる不当な思惟〉の根本をすべて制止せよ。内に存するいかなる妄執をもよく導くために、常にこころして学べ。（中略）自己を妄想せずにおれ。（中略）海洋の深いところでは波が起こらないで、静止しているように、静止して不動であれ。」」（中村元訳『ブッダのことば』２００頁）

〈われは考えて、有る〉のフレーズはデカルトの言を想起させ、びっくり仰天してしまうが、無論、中村元の懇切な解説通り（同、３９９頁）全体の文意は正反対である。

道元は、自己と四囲の在り方の差異が、悟りと迷いを分けることを説く。

「自己をはこびて万法を修証するを迷とす、万法すすみて自己を修証するはさとりなり。」「仏道をならふといふは自己をならふなり。自己をならふといふは、自己をわするるなり。自己をわするるといふは、万法に証せらるるなり。万法に証せらるるといふは、自己の身心および他己の身心をして脱落せしむるなり。」（岩波文庫『正法眼蔵（一）』54〜55頁）

道元の主旨は、ここでも後半から取り掛かるほうが理解し易い。自己とは何かを説明するには周囲のものとの関係からしか説明できない。自己が、周囲のものを説明しようとすることは、誤りであり、出来ない。なぜなら周囲のものが在るだけで、自己とか、自己を有する他者などは、存在しないからである――つまり、人間の本性としての「自己」「我」の存在を否定しているのである。無いものを在る、と妄想しているというのであり、ここで道元のいわんとすることは、仏教思想の中核概念「無自性」である。

〈テイク・ナット・ハンの「無自性」論〉

前掲のベトナムの仏教者、テイク・ナット・ハンは、「無常」の解説に続けて、「無自性」を説く。

「この世に変化しないものがないのに、どうして永遠の自己とか、独立して存在する自己がありえるだろうか。（中略）何かがここにあれば、それはそれ以外のすべてのものに依存してここにある。これをインタービーイングと呼ぶ。存在するとは、相依相関することだ。（中略）存在は虚構だ。あるのはインタービーというありようだけなのだ。」（『死もなく、怖れもなく』56頁）

若手仏教者は、華厳経にある「インドラの網」の比喩に包含されている人やものの「相互関連性」の説明の一環で、現代物理学のエンタングルメントにも言及している。

「インドラの海にぶら下がる宝石と同じく、微細な粒子のひとつに影響を与えるものは、他の粒子にも影響を与えるのです。」（ヨンゲイ・ミンゲール・リンポチェ『「今、ここ」を生きる』224頁）

これ程、直結した議論になるのか疑問は残る。

ダライ・ラマは、「宗教的信条を科学理論に照合させようとする危険は十分承知している。」と慎重を期しつつ、叙述する。

「理論的なものに関する現代科学とチベット文化の対話の可能性を考えている。最近の粒子物理学の諸発見のいくつかは、心と物質の非二元性を指し示しているように思える。たとえば、真空（つまり空間）を圧縮すると何もなかったところに粒子が現れる。（中略）こうした発見は、科学と仏教的空理論、マディヤミカの合一の場を提供するのではないだろうか。このことは心と物は別々に存在しているが、本来相互依存的だといっているのではないか。」（『ダライ・ラマ自伝』３４２頁）

仏教的冥想の深さと最先端量子力学の見出す処が、重なり合っていることは、存在の在り方、「無自性」が、我が腑にもしっかりと落ちてくる。

「貴方は何者か」と問われた時、氏名、出身・素性、家族、所属などを答えるが、氏名は、人間集団の中での識別記号であり、その他は全て私と周囲との関係性を表すだけで、「自己」「我」の中身について何も語っていないことは自明である。性格、心情、精神状況を語れば、それらは私の個性の一端を表徴しているであろうが、それらは犬も猿も持ち合わせている。「我」という概念とは程遠い。

デカルトの「我思う、故に我あり」の〝思う〟を担うのは、脳だろうか、それとも心、精神の実体がどこかにあるか。自然科学はいずれにも否定的である。

〈自然科学の〝自我〟論〉

物理化学分野では、自己、魂の在り様を見出せないことは、様々なかたちで繰り返し説かれてきた。

人間至上主義を奉じてきたホモ・サピエンスの未来に、これからのテクノロジーが何を齎すかを論じるユヴァル・ノア・ハラリも、生物進化の先端にある人類に関し、進化論が必然的に備える〝魂〟否定論にコミットしている（『ホモ・デウス』上１３３頁）。

量子重力理論の専門家カルロ・ロヴェッリも、我々のアイデンティティ、つまりその人固有の自己概念の不在を説明している。

「「概念」のような「もの」は、感覚器官への入力や連続する自己形成の反復構造によって誘導されたニューロンの動的システムの不動点だということになる。（中略）自分と似た人々と相互作用することによって「人間」という概念を形作ってきた。（中略）己という概念はそこから生まれたのであって、内省から生まれたわけではない。（中略）わたしたちは、自分自身の同類から受け取った「己」という概念の反映なのである。」（『時間は存在しない』１７２頁）

脳神経学の分野では、重篤な脳損傷で植物状態に陥ったグレイゾーンの患者の一五〜二〇％に意識があることを見出したエイドリアン・オーウェンも人間意識について同趣旨を記す。

「人間はそれぞれ本人の脳にほかならないが、その人のおかげで他者が持つ記憶であり態度であり意見であり情動でもある。人は死んでしまってもなお、あとの残してきた人々の人生に刺激を与えその人生を形作り、その人生に影響を及ぼし続けることが多い。この現象が最も明白に現われるのは、「集合意識」と一部の人が呼ぶものの中かもしれない。私たちは家族やコミュニティや国家といった、相互に重なり合った集団の中で生きている。（中略）それぞれの集団に属する個人は絶えず互いに働きかけ、影響しあっているので、これらの集団には一種の行為主体性、つまり、決定を下し、考え、判断し、行動し、組織し、再構成する能力がある。（中略）一種の〝意志〟を持ち、行為主体としての役割について省みることさえできる。」（『生存する意識』２７６頁）

〈文学における〝己〟〉

「無自性」概念に繋がる、人やものの相依相関、相互関連性は、他分野にも表出される例は多い。

例えば、佐伯一麦は『鉄塔家族』の中で、住み継がれる家にある栗の木を介して、見知らぬ先住者との情緒交感を主人公に語らせている。

「自分の夢心地な気分の中に、栗爺さんの姿があらわれるのと同じように、いつしか自分の存在も、また他の誰かの夢心地の中に出てくるかもしれないだろう。自分だけの人生だと思っているその回りは、実は大きな眠りの世界が取り囲んでいる」（348頁）

また、藤原新也は前記、カルロ・ヴェッツリが語る〝受け取られた己〟の喪失感に言及している。

「自分の肉身や親しい人（中略）の死が哀しいのは、（中略）その人の中に投影している過去の自分が（中略）消滅するからだ。」（『乳の海』70頁）

これらの仏教者、歴史学者、自然科学者、文学者の「無自性」に関わる所論を念頭に置いたとき、般若心経「是諸法空相　不生不滅」を、以下のように咀嚼する柳澤桂子・心訳は、宇宙という時空の中で、人を含む全存在を、「究極的相対観を以て観た姿」だといえるのではなかろうか。

「あなたも　宇宙のなかで　粒子でできています
宇宙のなかの　ほかの粒子と一つづきです
ですから宇宙も「空」です

あなたという実体はないのです　あなたと宇宙は一つです
宇宙は一つづきですから
生じたということもなく　なくなるということもありません」
（柳澤桂子『生きて死ぬ智慧』10～11頁）

〈無自性――死の怖れの消失〉

究極的相対観――宇宙ベースで考えれば、時間と空間は同時発生的な共生的概念であるから、「時空」としての総体を相対的に観ずることであろう。

人間ベースで考えれば、時間軸上でヒトを、相対観を以て観る時と、空間軸上で相対観を以て観る時に、夫々、異なるものが見えてくる。

時間軸で、相対観を以て人間存在を突き詰めれば、柳澤桂子が般若心経・心訳の中で語るように、他の全ての存在と同様に、変わり続ける現象のひとつでしかない。つまり、「無常」（前章Ⅱの結論）に行き着く。

空間軸上でヒトを、究極的相対観を以て観たら、何が見えたか。

我が身内に「我」「魂」は見当たらない。在ると思っていたのは、成長過程で蓄積され、凝縮された妄想である。人が「本来もつ在り様」に全注できた時、「今、此処」を生き切ることができた時、「現成公案」に近いと想えた一瞬、「我」は消えがちだった。一時的に「無自性」だったろうか。——その継続がなれば、妄想は影を朧にする。

我々が死を怖れるのは、病苦、孤独、地獄のいずれでもない。「我」を失うことを怖れている。しかし、その「我」は自然科学軸、社会科学軸、哲学軸で見出すことはできない。宗教軸で、「我」「自己」「魂」の存在を明確に否定しているのは、仏教である。後世の、東アジア、チベット、中国、朝鮮半島、日本への伝播プロセスで分派した仏教は別として、ブッダが説いた仏教の原点は宗教ではなく、哲学であると思う。思索の積み重ねで、宇宙、社会、人間の基本原理を見出すことに徹し、その究極点でも、絶対者に跳飛することはない、という意味で所謂、宗教ではない。

この点につき、ダライ・ラマは以下のような理解を示している。

「仏教では、なんらかの神秘的存在に対する信仰や創造理論に頼らず、自らの精神の訓練を通じて、苦しみの根を断つことを強調していますから、多くの人々は、仏教は——言葉の正確な意味では——宗教ではなく、心の科学と呼ぶほうがふさわしいと考えています。こうした捉え方には、確かに一理あると思います。」（『ダライ・ラマ

ゾクチェン入門』１３７頁）

出典は調べてないが、アルバート・アインシュタインの「今、現代科学の求めるものと合致する宗教があるとすれば、それは仏教であろう」（前掲『「今、ここ」を生きる』18頁）というのも、同趣旨ではないかと思う。

相依相関、インタービーイングという、我々・人間存在の在り方は、「我」「自己」の介在をゆるさず、その時、そこの在り方に徹する以外、存在の仕方は無い。時間は「今」の積み重ねであるから、「今、此処を生き切る」ことであり、そこでは、「我」は消え去っている。――この事態を得心する時、死の怖れは消える――消えるはずである。

6 〝我〟は無い――正法眼蔵・再論

我々ヒトは、運動機能を担う脳や筋肉組織と同様に、思考を担う脳組織を持っているが、それら全体を統合的にコントロールする〝我〟、魂は、見当たらないことは、諸領域の知見により明らかである。従って、死によって〝我〟が失われるという怖れは、妄想である。

道元、正法眼蔵の付巻・「生死」には、正にその記述がある。

「生より死にうつると心うるは、これあやまりなり。生はひとときのくらゐにて、すでにさきあり、のちあり。かるがゆゑに、仏法の中には、生すなはち不生といふ。滅もひとときのくらゐにて、又さきあり、のちあり。これによりて滅すなはち不滅といふ。（中略）この生死はすなはち仏の御いのちなり。」（岩波文庫『正法眼蔵（四）』467頁）

ネルケ無方は、主語の補遺や英訳により、正法眼蔵の含意を巧みに解訳していて、我々門外漢にも大変解り易い。この部分についても、「全機」の巻と連動させながら、解読している。

「〈私〉が生き死にしているわけではない。より大きなものの働きとして、生や死という「無量の法」が〈私〉を現成させているだけ」（『道元を逆輸入する』234頁）

――これこそ、空間的に相対観を以てヒトを観たとき、「我」と妄想していたものの在り様ではないか。他の全生物と同様、ヒトも「無自性」なのである。

7 まとめ

徹底的な相対観を以てヒトを観てみる。デカルトは人間存在を「我思う」と規定したが、全てのヒトに共通の「思い」は「死の怖れ」である。死の恐怖は、人生の主人公でなくなること、一人になってしまうこと、地獄に落ちること、などから生起するのではない。「我」が無くなると思うから、怖れるのである。しかし、物理化学、量子力学、脳神経学などの自然科学も、歴史学も、仏教者も「自我」「魂」「我」の存在を認めていない。道元は、「私が生き死にしているのではない。より大きなものの働きとして、生や死というマクロ・コスモスの要因が反映するだけ」という。ヒトも「無自性」なのである。

V

宙逍遥

1 「自我」の残渣

時間軸上での相対観の徹底により、無常観を以て自省すれば、人間の微小性は深く我が腑の内に納まる。空間軸上での相対観を極めれば、人間の腑分けをどう尽くしても、「自我」「我」「魂」の不在は明らかで、「無我」を認めざるを得ない。「無常観」は完全に我が腑に落ちたが、「無我」は〝認めざるを得ない〟と言わざるを得ないのは、我が数十年間の前半生で固結させた「自我」が、Ⅳの5、Ⅳの6で吟味した先哲の智慧を以てしても溶解し切れないということだ。

仏道に入った方は突き詰めれば、修養の着地点は、この一点にあるといっても過言ではないだろう。それでも掘和久は、漂泊・風狂の禅僧・仙厓が、今際の際に〝死にとうない〟と言い残し、周囲を驚愕させた挿話を記している（『死にとうない　仙厓和尚伝』271頁）。真偽の程は判らない。自然体でそう言えること自体、「自我」の相対化が出来ていたのかもしれないが、この逸話の総体が禅宗周辺ですら、「無我」「無自性」体得の難度が共有されていた証左だろう。

世界で初めて、ニュートリノの質量を確認した戸塚洋二が、自らの癌に関する処方とその結果をブログで公表していたが、科学者としての客観的な記録を通して知る、その真摯な生き方は深く胸奥に残る。ある日の記録に戸塚が時折覗くブログへの感動の報告として、正岡子規の「病牀六尺」の有名な一節にコミットしていることが、熱く語られている（前掲『がんと闘った科学者の記録』３０４頁)。

「悟りといふ事は如何なる場合にも平気で死ぬる事かと思って居たのは間違ひで、悟りといふ事は如何なる場合にも平気で生きて居る事であった」

上記の経緯を見るに、この至言に戸塚洋二をはじめ、何人もの共感が重なっている。私は、死と「自我」、「自我の残渣」という観点から、この至言を咀嚼してみたい。〝如何なる場合〟という表現で念頭に置かれているのは、死に直面している場合であろう。その時に〝平気で〟いる主体は「我」であろう。従って、死に直面している時、死なんとする時、「自我」が存在することは、子規にとり自明のことであり、子規の言い回しには「無我」という概念は希薄だったように感じられる。科学者・戸塚洋二も、共感を共有する人も同様だろうか。〝悟り〟の中に仏教思想が包含されているとすれば、「無我」「我は妄想」が当然であるが、後段の文脈はそのようには読み難いように思うが、如何だろうか。

子規の想念には、死をも怖れない「強い自我」があったのか、死を淡々と受容できる「しなやかな自我」があったのか、それとも、仏道の説く「無我」を理解しつつも「残渣としての自我」を抱えていたのか。

この至言の前半と後半の言い回しが反転している処に、「残渣としての自我」を抱えながら、苦悶する子規の姿を観る。その苦悶を余す処なく表出している故に〝至言〟なのであり、深い共感を呼び起こすのだろう。

2　自然の摂理

人生の第四コーナーを周りこんだ今、この〝「我」の残渣処理〟が最後の難題として重圧を増しているが、同時にもうひとつのことにも気付かされる。

我々は老化現象として、早晩、心身機能の低下とその結果として疾病や障害にみまわれる。それらに伴う苦痛やＱＯＬの低下は、日々の生活に甚大なマイナスであり、その対処がこの時期の重大課題であることは、Ⅳの2で詳述した。自分に残された能力と、抑制すれども尚、兆す自分の希望・希いのバランスを取りながら、自分の人生の紡ぎ手であり続

「宙を覗く」（F25号）

けるための選択肢を選び取っていくことは容易ならざることである。

他方、それらへの対処努力過程は、そのことだけに専念することになり、他事は視野の外に置かれる。

私は三十年来、緑内障由来の視野狭窄症状を抱えてきたが、これに老化現象としての白内障が重なり、視力減退が著しく、白内障手術以前は、物を注視する時には、〝見る〟ことにかなり集中せざるをえなかった。老化とともに、嚥下機能の低下、排泄機能の不如意、衣類着脱の自立能力不足などが進行する程に、それらの日常茶飯事に意を集中させなければば、我が身を処することが、難しくなるだろう。

結果として一時、我を忘れさせてくれるという側面もある。

更には、諸々の認識機能の継続的かつ緩慢な低下は、〝自己〟認識力をも低下させる。自己認識力の低下は、前半生では概ねマイナスに働くが、この期では常態であれば生起する、本人の心労を減殺する〝細やかなる福音〟となるだろう。それは自然の摂理が齎してくれる〝僥倖〟でさえある。


〈道元の「洗面」「洗浄」〉


禅道修行者ならとっくに体得済みのことに、凡俗は漸く、この辺りで道元が正法眼蔵の「洗面」「洗浄」で説いていることを、身を以て観取し、実践することになる――というより、実践を余儀なくされる。

若年時、なんと些細なことまで記述するのかと、この辺りは斜め読みしていた。口漱ぎや楊枝遣いの詳述の後の、洗面の処のみ転記する。

「つぎにまさしく洗面す。両手に面桶の湯を掬して、額より両眉毛・両目・鼻孔・耳中・顱頬、あまねくあらふ。まずよくよく湯をすくひかけて、しかうしてのち摩沐すべし。涕唾・鼻涕を面桶の湯におとしいるることなかれ。かくのごとくあらふとき、湯を無度につひやして、面桶のほかにもらしおとしちらして、はやくうしなふことなかれ。あかおち、あぶらのぞこほりぬるまであらふなり。耳裏あらふべし、著水不得なるがゆゑに。眼裏あらふべし、著沙不得なるがゆゑに。あるいは頭髪・頂𩕳までもあらふ」（岩波文庫『正法眼蔵（三）』137～138頁）

前後の全てについて同様の記述が連綿と続く。毎朝の習慣化した日課とはいえ、このプロセスを正しく熟すには、かなりの集中を要する。ひとつひとつのことを行う、その一瞬、一瞬に、そのことにひたすらになる時、〝我〟の意識が消えている。そうなるための一挙手一投足が記述されている。「遇一行修一行」なのである。

道元の教えとその由来について語られる時、まず取り上げられるのが、「典座教訓」であり、私も何度か目にしている。道元入宋時に遭遇した老典座からの学びが結実したものであり、台所での作法につき、前記の「洗面」同様の心配りで詳述されている。

数十年来、現成公案に費やしていた数%の時間で斜め読みしていた行間に、「遇一行修一行」と書かれていることに、心身機能の衰退を実感する今、漸く解り始めた。

残された能力で、出来る限りのことを試そうとする段階に到って、凡俗の理解の範疇に、「在り様に全注する」、「今、此処を生き切る」、「〝我〟が消える」ことが、可能になってくるか——それは、道元が「洗面」「洗浄」で求めている現成の域とは異なるレベルではあるが、自然の摂理が〝在り様に全注〟することを、凡俗にも促してくれる。

自然の摂理は、凡俗にとりうまく作用してくれそうな気がする。

〈臨死体験〉

そうした心身の老化過程は、やがては臨死局面に到るが、そのプロセスの中で、「我」の残渣は影を薄くする。自然の摂理の中にそうしたものが組み込まれていることに気付く。

瀕死状態を乗り越えて生還した人の所謂、臨死体験を鑑みるに、そこには「我」が極めて薄らいでいるように思う。

私は六十代前半に心筋梗塞でカテーテル手術を受けたが、術中・術後の状態は臨死状態に近かったのだろうか、と後日考えた。部分麻酔であったので、術中は担当医の先生やスタッフの方々と簡単な意思疎通が出来た。従って、私の意識は全く正常に機能していると思っていた。しかし後から想起すると、手術室の木製（！）の柱が光り輝いており、術後戻った病室が非常に狭小でベッドの両サイドは隙間なく壁に接しており、トンネル内に押し込められる感覚だった。日頃、車の運転をしない私が、赤信号を右折すると水辺に到ることを認識しながら、ハンドルを握っている夢を見ていたことを思い出した。——実際は半覚醒の状態だったのだろう。

免疫学の大家、多田富雄は脳梗塞で倒れた折の体験について記している。

「私は死の国を彷徨していた。（中略）不思議に恐怖は感じなかった。（中略）海か湖か知らないが、黒い波が寄せていた。」（『寡黙なる巨人』13頁）

立花隆が専門家との対談記録で、臨死体験調査に触れている（『生、死、神秘体験』142～143頁）。その中にでてくる〝トンネル体験〟〝光との遭遇〟〝水との出会い〟などは、我が体験と一脈通じるところがあり、また、〝死への怖れが少なくなった〟のも同様である。

これらの現象は確認できるものではないが、「我」の残渣を更に薄める方向に、はたらくかもしれない。

〈〝我の残渣〟の在り様〉

脳スキャン技術を用いて、植物状態と診断された患者の一部に、認知能力を有する者がいることを発見したエイドリアン・オーウェンの成果は、脳損傷患者の診断、ケア、医療倫理など広い範囲に、従来見識の再検討を迫るものである。

同時に、ここでの〝我の残渣〟の在り様、意識の在り様の考察にも大きな示唆を与えてくれる。

我々、一応の常態にある人間は、こうした所謂〝グレイゾーン〟状態になった時の自分自身を描けば、暗澹たる想いを想像するだろう。当然のことながら、倫理的にも思慮深く、統計的な有意味性を踏まえた、専門家の調査結果は、「閉じ込め症候群の患者（意識はあるものの、瞬きすることあるいは目を縦に動かすことでしか意思を疎通できない人々）（中略）のかなりの割合（回答した人の七二パーセント）が、幸せだと答えた。（中略）安楽死を望んでいることを表明した人はわずか七％だった（中略）閉じ込め症候群の患者の大半は、自分の生活の質にそこそこ満足していて、（中略）死は最も人気のある選択肢ではないのだ。（中略）それでも私は考えてしまう。なぜこんなことがありうるのか。（中略）

閉じ込め症候群患者は、自分の欲求や価値観を調整したのかもしれない。(中略)彼らは人生の新しい経験の仕方、幸せを達成する新たな方法を見つけたのかもしれない。(中略)深刻な脳損傷を負ったあとに自分がどうなりたいかを判断できる立場にある人など、はたしているのか」(『生存する意識』204〜205頁)。

A・オーウェンの、彼らが見つけたのかもしれない〝人生の新しい経験の仕方、幸せを達成する新たな方法〟というフレーズを見た時、私は、世代を繋いで大陸間を渡る蝶の話と、これに触発された科学夜話を想起した。

カナダ南東部に生息するオオカバマダラという蝶は、メキシコ中央部の高山部で越冬し、孫世代が二世代前の生地・カナダにもどる〝渡り〟をするという。

その能力の秘密は、生物時計が、切り離されてもなお光によって調整可能な触角と、磁気受容能力にあるらしい(J・カリーリ、J・マクファデン『量子力学で生命の謎を解く』187〜194頁)。

〝我〟という個体意識を強く持ち、具備している五官認識能力で、周囲状況を把握するヒトの想像範囲を遥かに超える〝超絶能力〟である。

この科学的発見をベースに、想像性豊かな物理学者・全卓樹は、壮大な〝夜話〟を語る。

「天の川銀河の辺境に興った人類の文明の継続期間は高々一万年である。（中略）或る惑星で十万年続いた文明は、おそらくは、太陽を共有する他の惑星にまで広がっていくだろう。（中略）銀河の端から端まで（中略）世代を継いでの飛行が必要となる（中略）翅を生んだ遺伝子プログラムの論理的帰結が、韃靼海峡を渡る蝶だとすれば、知性を生んだ遺伝子プログラムの論理的帰結が、銀河を渡る人間なのかもしれない。」（『銀河の片隅で科学夜話』１７６～１７７頁）

最終局面に向かう時、〝自我残渣〟を極小化しなければならない時、A・オーウェンの〝あわい〟思考は、少なくとも、我が〝限りある前途〟の暗闇を更に暗くはしない。加えて、全卓樹の「夜話」を想起すれば、暗闇は漆黒ではなくなる。

3 「自我残渣」の極小化

人間を時間軸、空間軸で相対観を以て観れば、人間は止まることなく変わり続ける「無常」なる存在であり（Ⅲ）、妄想「我」を抱え込んでしまってはいるが、元来他の全ての存在同様、「無自性」な存在である（Ⅳ）。

諸先哲に導かれ、ここまでは辿り着いたが、凡俗には尚、残る「自我残渣」を極小化しなければ、彼岸への渉りが儘ならない。

幸運にも最終局面では、老化に伴う自然の摂理が働きそうではある（Ⅴの2）。

〈道元の〝のみなり〟最終考〉

ここで私はふたつの口語調の語りを想起する。

ひとつは、般若心経の結句を前に、母が娘二人と交わす言葉である。

「あたしたち流れにのってるわけだけど、それを強引に動かす必要はない。

あたしたちが生きてるってことじたい流れなわけで、（中略）人として、生きるか死ぬか、えらべる存在だと思ってるけど、じっさいあたしたちが生きてるっていう事実が、流れにのってるわけで、それをとめるっていうのが流れにさからってることでしょ。（中略）ぜんぶ自分の意志だと思ってるけど、生きてるってことじたい、前にすすんでるわけ（中略）それをとめるのは、あたしたちのエゴだと思うんだよね。（中略）道はそうじゃない。いいってこともわるいってこともない。」（伊藤比呂美『読み解き「般若心経」』52頁）

宇宙の中での「所与のものとしての我々」の自我の微小性（無我ではなさそう）が語られているようだが、著者の目論見通り、この会話体の中で、その微小性は抵抗なくすんなりと、我が凡俗の心にも入ってくる。

もうひとつは、沢木耕太郎の『流星ひとつ』に記録される藤圭子の語りである。著者は後記にこう記している。

「心のこのようにまっすぐな人を私は知らない。（中略）透明な烈しさが清潔に匂っていた。」（322頁）

私は、テレビで歌声を小耳に挟んだくらいで、それ以外は彼女について何の知識もなかったが、観客にもカメラにも視聴者に対しても全く〝媚び〟がなく、独りで一心に唄う場所が、偶々ステージであるだけ――という印象は受けていた。

アルコール付きの単独インタビューで、書籍は沢木の執筆ではなく、会話の全てをそのまま活字化したものであり、しかも彼女の死後の出版という経緯から、彼女の実態の姿がかなり反映されているらしい。曰く――

「考えるようになると、人生って、つまらなくなるんだよね」（95頁）

「自分が納得できさえすれば、どんなことでも平気な性分」（159頁）

「無心でただ歌うだけだった（中略）無心だったから、ああいう歌が歌えたんだよ」（182頁）

このふたつの引用を唐突に思われる方があろうが、Ⅲの2で述べた現成公案の一節「華は愛惜に散り草は棄嫌におふるのみなり」の最後の四文字〝のみなり〟に含意される〝今、此処を生き切る〟を想起しつつ、上記ふたりの言葉の傍線部（原著にはない、筆者の付記）を見ていただきたい。ふたりの言葉は、〝のみなり〟の含意にピタリと重なっているように思う。伊藤比呂美の言葉は、般若心経を踏まえているのだから、当然ともいえる。藤圭子の言葉が重なることに驚く。

これらの言葉の表出がなされた時点で、伊藤は熟慮と複層的な人生経験を通じて、藤は天性の純粋さと歌唱歴を通じて、ある種の「相対観」に到っていたのではないだろうか。

「華は愛惜に散り、草は棄嫌に生ふるのみなり」を、〝のみなり〟に道元の本意が籠められていることを、最も明快に説いているのは、前掲のネルケ無方である。無方は、道元の秀歌「春は花なつほととぎす秋は月冬雪きえですずしかりけり」のテーマ「本来面目」が、〝のみなり〟にも籠められているという（『道元を逆輸入する』314〜315頁）。〝愛惜〟するのも〝棄嫌〟に思うのもヒトの在り様であり、そのように生きるのが人である。それが善いわけでも悪いわけでもなく、その在り様になり切る時、〝我〟など無い――「自我残渣」が消える。

我が「自我残渣」の遅ればせながらの極小化、究極の相対観の到れる処も、この辺りだろうか。

その時、我が身体条件がゆるせば、手を合わせるだろうし、そうでなければ、胸奥にそのイメージを結ぶだろう。木下晋がいうよう

「宙と花――向日葵」（F12号）
向日葵・花言葉：見つめる

に、「普遍的な人間の本能に近いものが「合掌」」(『木下晋画文集　祈りの心』119頁)だから。

4 「自我残渣」を彼方へ押しやる「三相」

それでも残っているかもしれない「自我残渣」を包み込むものを三相、帯同しておく。

一相：般若心経「諸法空相」

　柳澤桂子の「心訳」を念頭に置く。

「あなたも　宇宙のなかで　粒子でできています
宇宙のなかの　ほかの粒子と一つづきです
ですから宇宙も〝空〟です
あなたという実体はないのです
あなたと宇宙はひとつです」

二相：① マーク・ロスコの「シーグラム壁画」

佐倉の川村美術館にマーク・ロスコの部屋があった。複雑な混色と溶剤が使われているらしいが、深みのある牡丹色と墨に近い鉛色がほぼ半々に配色された大画面がある。その隣の壁面には二色が二対三ほどに配分されたタブローがある。第三の壁面の大カンバスには、牡丹色の四辺の内側に、同じ幅の鉛色の帯が配されている。その三面の真ん中に立つと、ほっと安堵感に包まれる。二色が呼気と吸気のように呼応している。その呼応が観る者の呼吸とも呼応し始める。その呼応が、右の画面からも、左の画面からも、そして前のタブローからも——観る者を包み込む。これは静謐に満ちた宇宙——時間と空間が生まれる処ではないか。

テキサス州ヒューストンに「ロスコ・チャペル」があるという。灰色の漆喰壁の窓の無い八角形で、天窓から射し込む変化する光の中に、十四点のパネルが掛かっているらしい。

ノーベル賞受賞の脳神経学者、エリック・カンデルは「ロスコは（中略）無限を希求する古代の神話的で超越的な芸術形態に現代美術を結びつける新たなスタイルの抽象を目指していた」と総括している(『なぜ脳はアートがわかるのか』146頁)。高村薫はどこかで、このような文学を生み出したい、といっていた。

② 早川俊二「壺と蕪」

早川俊二の静物画を見ていると、モランディを想いだす。陶器など身辺のモノが題材であること、モノトーンの色調、静謐感が画面を支配していることなどが共通しているからであろう。しかし創出される世界は全く異なる。モランディは複数の陶器の形態、色、配置の組み合わせによりモノ自体の在り様を追求している。背景はモノ自体を表出させるための単なる背景であり、両者の交流は意図されていない。

モランディは、すべての物体が球、円錐、円柱に帰すると考えたセザンヌに傾倒していたという。関心の焦点は、モノ自体の把握、描出にあったことを示している。一方、早川の静物画には陶器やコーヒー挽きなどのモノの傍らにしばしば物語性を色濃く宿す貝殻や蕪などが配される。それらのモノとモノの間で、また、モノと周囲の背景の間で呼気、吸気の往還があることを感じさせる。

それは背景のマチエールと広がりによって齎されるものである。単なる背景ではなく、時間をも包摂する空間――時空を観取させる。

「壺と蕪」は十年来、我が家の居間で季節ごとに変わる表情を見せる。冬の曇り日には、陶器はずっしりと重量を増し、蕪の付け根部分は陰影を濃くする。出窓から陽光差し込む桜便りの朝には、壺のイエローオーカーも、根菜の根付けの薄紅、薄緑も鮮やかに映える。初夏には窓外の緑陰を映す。グレーの背景は、その時々の時空の「空相」を見せてくれる。

三相：J・S・バッハ「無伴奏チェロ組曲」

本業ではなくても、音楽を生涯の友にする人は多い。しかし、自らの音楽論まで展開する人は、少数であろう。仏典を網羅し、独特の方法論で釈迦の真意に迫ろうとした江戸中期の稀有な町人学者、富永仲基に「楽律考」なる音楽論まであることを知り驚嘆した。釈徹宗によれば中国歴代王朝期の楽律、度量衡と政治、社会基盤について論じられ、「〝和らぎ〟と〝正しさ〟に裏打ちされた〝平らかさ〟こそが音楽の根本である」(『天才　富永仲基』200頁)という。
三十一歳の今際の時、この人の脳内には、どんな音楽が鳴り響いたのだろうか。

私は在宅時、エンドレスで流すCDの中に、必ずバッハの「無伴奏チェロ組曲」の一枚を入れていた。この曲のバッハの自筆譜は失われていて、演奏者の裁量余地が大きいらしい。八十八歳の時、この曲のCDを出した青木十良は、「90歳になってから、バッハがほぐれてきましたねぇ」と語る(大原哲夫『チェリスト、青木十良』281頁)。カナダのエリック・シブリンは「チェロ組曲は大きなダイアモンドのようなもの」という(『「無伴奏チェロ組曲」を求めて』108頁)。

我々ヒトの祖先、ホモ・サピエンスにあって、それ以前のネアンデルタール人やアウストラロピテクスが有していなかったものは、言語と音楽であったらしい。南仏の遺跡洞窟の音響効果の良い処には、壁画が描かれているという。分子生物学の専門家・糸川昌成は「音階を聞いた時は聴覚野(ブロードマンの四二野）と言語を司るウェルニッケ野が活性化しており、言語を処理する脳領域と音楽のそれが一部重なり合うことが指摘されている。（中略）進化史上の奇跡と関連しているに違いない」（『脳と心の考古学』56頁）という。

「心停止後も、主体や人格が因果的に消滅するはずがない」（同、195頁）と考えられる専門家には、本稿への身勝手な引用を心外と、お叱りを受けることと必定であろう。

「自我残渣」を押しやる「三相」の一つを受容するために、原初よりヒトに与えられている脳の聴覚野が、今際の我が脳にも残存して欲しい一心から引用させていただいた。


〃その時〃の我が心身に残された機能に合わせ、三相の中から可能なもので、〃我の残渣〃を包み、〃のみなり〃を呟きながら、彼岸への渉りを果たしたい。

5　宙に居る、宙に向かう――宙逍遥

赤瀬川原平が前衛芸術活動の一環で、梱包作品とともに、「梱包」概念について極めてユニークな提示があった。その中に、宇宙を包むという発想と、包装材を境界として、内側・外側を逆転させることにより、どちら側を包んだのか事態は変わる、というふたつの発想が含まれていた。

後者の発想枠で、人間の表皮を包装材と考え、内側に包まれた人間が外側の宇宙を覗くという視点が生まれ、そこから人間存在について考察している。

「人間は中に内宇宙を包み込んだ缶詰的な存在である。人間が外宇宙を知覚するのは、その人が内宇宙の梱包体であることによる。その内宇宙を包む作業の持続が人間の存在であり、その持続を人生という。私たちはいずれ内宇宙を包む作業の持続を解くことによって、この宇宙の一点に釘付けされた釘を抜かれて、この関係を抜け出していく。」（『芸術原論』163頁）

私以外の他の人も同様な梱包体と考えれば、その人から見て、私は外宇宙の一部であることを考えると、「この宇宙は（中略）多重に包み込まれているわけである」。

「宙に居る」（F25号）

淀みにとぐろを巻く「自我残渣」を、赤瀬川流の視点が解してくれる。〝包む〟〝持続を解く〟あるいは、〝釘付けされ〟〝抜かれる〟主体が明示されていないことで、「自我」が視野外辺に消え、また、〝多重に包み込まれている〟ことなどから相対観が強まり、終末観が透明度を増す。

ここに、前述の般若心経の〝是諸法空相〟の柳澤桂子の「心訳」を重ね合わせるとき、宇宙に散在する諸粒子の極く微少なるものが、一時、我が体内に取り込まれ、時至りて再び、宇宙に分散する、その過程は〝粒子レベルの連続性〟と首肯できる。オゾン層に小さく包まれた「宙（そら）の一隅」に居る。オゾン層に大きく包まれた「宙（そら）の一隅」に向かう――のみなり、のみなり……

宙に居る、宙に往く――宙・逍遥

6　まとめ

透徹した相対観を以て人間を観れば、その「無常」性は一点の疑念もなく腑に落ちる。一方、「無自性」は、多くの仏教者、文人、医家、科学者などが吐露しているように、今際の際まで得心し切れないことが記録に残る。

道元の「現成公案」も、正法眼蔵の随所に説かれる、愚直なまでの「遇一行修一行」も、「無自性」得心のための説法・実践である。

老化に伴う心身の衰えすら、自然の摂理の齎す福音と思念しつつ、永らく深く共にしてきた、視覚・聴覚刺激と称名に包まれながら、「自我の残渣」を極小化しつつ、彼岸に臨みたい。

あとがき

本稿執筆も終盤に掛かった残暑のある日、我が喜寿を迎えた数日後、一通の訃報が着信した。

四十余年前に、濃密に共働した、生年月日が全く同日の技術者だった。少人数の弱小プロジェクトを、事業担当と技術担当として、夫々の〃在り様に全注〃する時期で、業務に忙殺されながらも、偶然の一致を面白がりつつ、息抜きにも励んだ。

訃報の朝、いつも通り、早朝ウォークの中間ベンチで、給水をしている前を、同年配の男性二人がすれ違いざまに、会話を交わす。

「随分、早いね。元気だね」「うん、ではまたね」

重く澱んでいた胸の内が、何とはなしに軽くなっている――人間て、なかなかいいものだなあ。――その瞬間、いつもの河辺の風景が変わった。

河向こうの緑陰は、重なっている処、根元に近い処ほど、深く色濃くなっているが、その度合いが常態よりかなり深い。こちら側の橙色の花の帯が深緑の樹陰の奥に消え去っている。一枚の油彩を描いていると、我々のような素人にも、ある時点で急に画面が深みを増してくることがあって、嬉しくなることがある。――その気分に一寸似ているが、もう少し閑に、深い。

最近、食べるものが旨い。特に食材のうまさを強く感じる。四季の変化に対する感度が上がっているような気がする。身体の気候変動対応力の鈍化に気を使っている部分もあるが、反面、その変化を楽しんでもいる。
ひょっとして、凡俗の中にも多少は、「今、此処」を生き切る瞬間が増してきたか、などと楽観的に愚考したりしている。
――〝のみなり、のみなり、のみなり〟

二〇二一年睦月

参考文献

はじめに

武藤洋二『紅葉する老年』みすず書房
岩井寛・口述、松岡正剛・構成『生と死の境界線』講談社
戸塚洋二著、立花隆編『がんと闘った科学者の記録』文藝春秋

I　偏向グローバル

方方『武漢日記』河出書房新社
M・ウェーバー『プロテスタンティズムの倫理と資本主義の精神』岩波書店（岩波文庫）
長部日出雄『二十世紀を見抜いた男』新潮社
佐伯啓思『経済成長主義への訣別』新潮社
藤原章生『資本主義の「終わりの始まり」』新潮社
国分拓『ヤノマミ』ＮＨＫ出版

ダニエル・L・エヴェレット『ピダハン』みすず書房
釈徹宗『不干斎ハビアン』新潮社
上田哲農『きのうの山きょうの山』中央公論社（中公文庫）
藤原新也『大鮃』三五館
梨木香歩『海うそ』岩波書店（岩波現代文庫）
今福龍太『宮沢賢治デクノボーの叡知』新潮社
ジェイムス・リーバンクス『羊飼いの暮らし』早川書房
加藤典洋『人類が永遠に続くのではないとしたら』新潮社
中村桂子『生命誌の世界』ＮＨＫ出版
寺前直人『文明に抗した弥生の人びと』吉川弘文館
田中一彦『日本を愛した人類学者』忘羊社
ジョン・ダワー『敗北を抱きしめて』上・下　岩波書店

Ⅱ

いい塩梅　――「相対観」の新たな意味

塩野七生『サイレント・マイノリティ』新潮社
山崎正和『装飾とデザイン』中央公論新社

カルロ・ロヴェッリ『時間は存在しない』NHK出版
吉田滋『深宇宙ニュートリノの発見』光文社
立花隆『宇宙からの帰還』中央公論社
マーカス・チャウン『僕らは星のかけら』無名舎
ニック・レーン『生命、エネルギー、進化』みすず書房
アンドリュー・パーカー『眼の誕生』草思社
竹内整一『「おのずから」と「みずから」』春秋社
ダライ・ラマ『ダライ・ラマ自伝』文藝春秋（文春文庫）

Ⅲ

いろはにほへと ——時間軸の人間相対観

マルクス・アウレリウス『自省録』岩波書店（岩波文庫）
柳澤桂子『生きて死ぬ智慧』小学館
中村元訳『ブッダのことば』岩波書店（岩波文庫）
ティク・ナット・ハン『ティク・ナット・ハンの般若心経』野草社
道元『正法眼蔵』㈠〜㈣ 岩波書店（岩波文庫）
木村清孝『正法眼蔵全巻解読』佼成出版社

ブライアン・グリーン『宇宙を織りなすもの』上・下　草思社
神谷満雄『鈴木正三　現代に生きる勤勉と禁欲の精神』東洋経済新報社
中村元『近世日本の批判的精神』春秋社
合田一道『評伝　関寛斎』藤原書店
中薗英助『鳥居龍蔵伝』岩波書店
土田昇『職人の近代　道具鍛治千代鶴是秀の変容』みすず書房
苅谷夏子『評伝大村はま』小学館
梅原猛『湖の伝説』新潮社

Ⅳ

「我思う、故に我あり」は妄想？——空間軸の人間相対観

伊藤栄樹『人は死ねばゴミになる』新潮社
アトゥール・ガワンデ『死すべき定め』みすず書房
山折哲雄『「ひとり」の哲学』新潮社
水上勉『良寛』中央公論社
メイ・サートン『独り居の日記』みすず書房
マイケル・フィンケル『ある世捨て人の物語』河出書房新社

荻野弘之『マルクス・アウレリウス「自省録」精神の城塞』岩波書店
ティク・ナット・ハン『死もなく、怖れもなく』春秋社
ヨンゲイ・ミンゲール・リンポチェ『「今、ここ」を生きる』PHP研究所
ユヴァル・ノア・ハラリ『ホモ・デウス』上・下　河出書房新社
エイドリアン・オーウェン『生存する意識』みすず書房
佐伯一麦『鉄塔家族』日本経済新聞社
藤原新也『乳の海』情報センター出版局
ダライ・ラマ14世『ダライ・ラマ　ゾクチェン入門』春秋社
ネルケ無方『道元を逆輸入する』サンガ

V

宙逍遥

堀和久『死にとうない　仙厓和尚伝』新人物往来社
多田富雄『寡黙なる巨人』集英社
立花隆対話篇『生、死、神秘体験』書籍情報社
J・カリーリ、J・マクファデン『量子力学で生命の謎を解く』SBクリエイティブ
全卓樹『銀河の片隅で科学夜話』朝日出版社

伊藤比呂美『読み解き「般若心経」』朝日新聞出版
沢木耕太郎『流星ひとつ』新潮社
木下晋『木下晋画文集　祈りの心』求龍堂
エリック・R・カンデル『なぜ脳はアートがわかるのか』青土社
釈徹宗『天才富永仲基』新潮社
大原哲夫『チェリスト、青木十良』飛鳥新社
エリック・シブリン『「無伴奏チェロ組曲」を求めて』白水社
糸川昌成『脳と心の考古学』日本評論社
赤瀬川原平『芸術原論』岩波書店